火《か》蛾《が》の舞

無茶の勘兵衛日月録2

浅黄 斑

時代小説

二見時代小説文庫

火蛾《かが》の舞——無茶の勘兵衛日月録2

目次

江戸へ

1

落合勘兵衛《おちあいかんべえ》がはじめて海を見たのは、十八歳の秋、江戸においてであった。

越前大野《えちぜんおおの》を父母や弟たちに見送られ、勘兵衛が山峡の城下町を発ったのは、村村でたわわに実った稲刈りに忙しいころである。大野から江戸までの道中の間に改元があって、この年は寛文《かんぶん》から延宝《えんぽう》元年（一六七三）に変わっている。

（それにしても、あわただしいことであったな……）

勘兵衛がそう思うのも、この出府が突然のことであったからだ。

ひと月ばかり前、伊波利三《いなみとしぞう》が江戸から大野に帰郷してきた。利三は勘兵衛より二歳年上だが、幼いころから清水町の家塾や後寺《うしろでら》町の剣術道場で、研鑽をともにした親友である。

藩主の世子である松平直明《なおあきら》が、まだ左門《さもん》という幼名で大野に在住していたころ、利三は児小姓として左門君のもとに上がり、やがてともに江戸へと去っていった。利三が十四歳、勘兵衛が十二歳のときである。

あと二人の幼馴染み、塩川七之丞《しちのじょう》と中村文左《ぶんざ》をくわえて四人で六年ぶりの邂逅《かいこう》を喜び合い、酒を酌《く》み交《か》わして昔話に花を咲かせたものだが、どうやら利三の帰郷は、ただの一時帰国ではなかったようだった。

というのも、十日ばかりの滞在で利三が江戸へ帰参するとき、

――じゃ、七之丞のことは頼んだぞ。

城下のはずれまで見送りに出た勘兵衛が言うのに、

――おう。来年の春あたりだと言っていたな。まかしておけ。

利三が答えた。

やはり親友の一人である塩川七之丞は勘兵衛と同年で、先ほど目付より大目付に昇進した塩川益《ます》右《え》衛門《もん》の次男であるが、学問好きで近ぢかにも江戸に遊学する予定になっている。

一抹《いちまつ》のさびしさを覚えて、勘兵衛は、

（また一人、友が去っていく……）

胸中につぶやいて、つい、

――こうして六年ぶりに会えたが、次はいつのことになろうかな。

と口に出した。

――なに、それほど先のことではなかろうよ。

答えて美男の誉《ほま》れ高い利三はさわやかに笑ったが、その目に、小さな戯れたような光があった。

遠い記憶のなかに、利三が、そのようないたずらっぽそうな光を目に宿らせたことが何度かあったのを、勘兵衛は思いだした。

七年前、十一歳の勘兵衛は、同い年である左門君のもとに伺候を命じられたことがあったが、それに先だって利三は、やはり今のような目つきで、そのことを予告したことがあった。

（それほど先のことではない？）

そう断言するだけの根拠でもあるのだろうか――。

思わず探るように見た視線の先で、利三はふっくらした頬に笑いを刻み、言った。

――深い意味はない。直明さまにおかせられては、仙姫さまをめとられて、すでに二年目になる。となれば、そろそろ国許《くにもと》に戻られることもあろう。となれば、当然、直明付きの小姓組頭《くみがしら》を勤める利三も、それに従って国入りということになる。

（考えすぎだったか……）

苦笑した勘兵衛だったが、やはり利三はなかなかの食わせ者であった。

こうして江戸へ発つ伊波利三を見送ってから数日とたたぬうち、新たに国家老となった斉藤利正《としまさ》に屋敷へ呼び出された勘兵衛は、

（利三めが）

思わず目を剝《む》いたものだ。

なんと、勘兵衛に江戸詰めの命が下ったのだ。

勘兵衛がついている御役の御供番《おともばん》というのは、藩主外行のとき馬前《うまえ》に立って、藩主の護衛にあたる役だ。

参勤交代の際にも衛士となるから、いずれは藩主に従い江戸に行く機会もこようか、と漠然と想像することはあったけれど、今年七十歳の当の藩主である松平直良《なおよし》は、この三月に新たな御供番を選んで出府したばかりである。次は来年の四月ごろに帰国して、再来年の三月に出府するまで、その機会さえこないはずであった。

――こういうことじゃ。

目を剝いている勘兵衛に、斉藤家老は言った。

――若殿の直明さまも、十八歳になられた。で、今少し、お付きの者を増やそうということになったそうでな。

で、落合勘兵衛に白羽の矢が立った、ということらしい。

はたして、若殿がそう希望したのか、あるいは付小姓の頭である伊波利三が推薦したのかはわからぬが、今回の利三の帰郷の目的は、やはりこのことにあったと思わざるを得ない。

なるほど、江戸でそう決まったからといって、国許の御執政の了解を得なければ人事は決まらない。

(だからといって……)

見送りの際に利三が漏らしたことばと、あの目つきを思いだしながら勘兵衛は、

(やはり、食えぬやつだ)

思わず苦笑しながら利三のことを思った。なるほど再会は、それほど先のことではなかったのである。

さてそれからが、あわただしかった。

いつのいつまでに、江戸に着くようにとの指示はなかったけれど、あれこれ準備を整えたり、親戚や上司、その他必要なところには挨拶をしたりして、九月九日の菊の節句に縁者たちが集まって、ささやかな壮行会が催された。

――若党までは無理としても、せめて、中間、小者くらいはつけてやりたいと思うたのだが……。

百石の落合家としては、小者すら従えず勘兵衛を江戸に出しては肩身が狭い、と父の孫兵衛はさかんに気に病《や》んだ。しかし短期間すぎて、とうとう適当な人材が見つからずにいた。

元もとが七十石だった落合家が百石になったのは、つい最近のことで、まだ使用人はいなかったのである。

――ご心配をなさるな、父上。それについては、江戸での様子を見てからのこと。おいおい決めればよいことでござる。

そのようなことがあって勘兵衛は、単身で九月十五日の早朝に大野を出発、美濃《みの》街道をたどっていった。

2

江戸へと向かう羇旅《きりよ》の空の下、次次に眼前に現われる見知らぬ町や村の風物に目を輝かせながら、やがて勘兵衛は加納《かのう》（岐阜）に着いた。

ここからは道を中山道《なかせんどう》にとる。

そして勘兵衛が武蔵大宮《むさしおおみや》の宿を発ったのは、大野を出て十三日目の九月二十七日だった。ここから江戸日本橋までは八里ほど、昼下がりには江戸藩邸へ到着するはずだ。

途中風雨にも遭《あ》ったが、この日は快晴であった。秋も深まりつつあるが、旅装を照らす陽《ひ》は伸びやかで、街道を進む勘兵衛を気持ちよく汗ばませている。

街道の松並木を抜けるころ、遠く南にひときわ高だかと、天を突き上げる富士の霊峰が望まれた。

（あれが、富嶽《ふがく》か……）

思わず足が止まった。

どん、と胸に一撃を受けたような衝撃があった。

午前の陽が斜めにかかる富士の稜線は、あくまでなだらかに、山裾に向かって堂堂とくだってゆく。勘兵衛は目深にかぶった旅笠を押し上げて、その姿を眺めた。

気圧《けお》される圧倒的な存在感に、胸の芯から押し上げてくる感動を覚えていた。

見霽《みはる》かす眺望の近くに目をやれば、眼下には小川が流れ、ハゼやナナカマドが真っ赤に紅葉している。勘兵衛は、ふと、ある記憶に突き当たった。

（あれは……）

二年前の晩秋であったな。

友である中村文左の父が横死して、その喪《も》明けのころである。

そのとき勘兵衛は事情あって、くさくさする自分をもてあましていた。

そして一里の道を歩いて国境の土布子《つちふご》村までいき、漠漠と流れる九頭龍《くずりゅう》川ごしに、周囲の山山を望んだことがあった。そのときの、ナナカマドやハゼの鮮やかな赤が、川から立ち上る水蒸気に滲むようだった光景が、まざまざと思いだされてきたのだ。

（いやはや、あわただしい日月《じつげつ》であった……）

あの文左の父の横死からこちら、改めて心によぎってくるのは、常ならぬ人生への驚きであり、また畏敬にも似た心象であった。

まだ十八歳でしかない勘兵衛に、そのような感慨を抱かせるほどの、激動の年月があったのだ。

越前大野藩で郡《こおり》方勘定役を勤める父の孫兵衛に、突如として閉門の沙汰が下ったのが昨年一月のことである。

切腹はかろうじて免《まぬが》れたものの、七十石の知行を半分に減知されて屋敷替えのうえ、父は無役となった。無実の罪を得たためだ。

父を冤罪に陥《おとし》いれたのが郡奉行の山路帯刀《たてわき》で、面谷銅山に絡む不正を父が疑ったゆえらしい、とまでわかっていながら、落合父子には、その濡れ衣《ぎぬ》を晴らすだけの力がなかった。

だが、禍福はあざなえる縄のごとし、ともいう。あるいは天佑《てんゆう》とも呼ぶべきだろうか。

事態は、勘兵衛が予想もしなかった、ずっとずっと奥深い地中で一筋の流れとなって、ある日、白日の下に噴《ふ》き上がってきたのである。

（今にして思えば……）

地下深く石走《いわばし》るその水音を、勘兵衛がかすかながら耳にしたのは昨年の夏、父が突然に隠居を言いだし、わずか十七歳で落合家の家督を譲られることになった、あの日のことであったろうか。

（それに、まちがいはない）

家督を継ぐのを待っていたように、勘兵衛に役が付く。それが城勤めの御供番であった。

そして今年になって、地下に伏流していた水が、奔流となって一気に地表に噴き出したのである。春のことであった。

大野藩境の計石《はかりいし》村で勘兵衛が刺客の襲撃を受けた父を守り、死闘に挑んでいるのと前後して、城下では「山路の事件」と呼ばれる変事が起こっていた。

また城下から遠い藩領で銅山のある持穴《もちあな》村では、藩目付衆と山路家与党の間に、凄まじい闘争が繰り広げられたそうだ。

「山路の事件」では、郡奉行の山路帯刀を捕縛に向かった徒目付《かちめつけ》衆に抵抗して、帯刀が落命した。

持穴村での闘争では両者に多数の死傷者が出たあげく、山路帯刀の嫡子である山路亥之助《いのすけ》ほか数名が、いずこかへ逐電した。

その後、大野城下では静かに執政の交代がおこなわれた。

そこではじめて勘兵衛は、銅山をめぐる不正の真の黒幕が、権勢をふるっていた国家老の小泉権大夫《ごんだゆう》であったことを知ったのである。

斬死した山路帯刀は病死として処理され、引退した小泉家老は五十日の閉門と、三百石の減俸という、あっけないほど軽い処罰に終わっている。これは藩内争闘の印象を幕閣に悟られないための処置だったようだ。

そうして隠居した小泉権大夫は、日をおかずして病死した。

〈毒を飼われたのだ〉

城下には、そんな噂も流れたが、勘兵衛にはその真相を知るべくもない。

この一連の変事の末、落合家には旧禄七十石に戻したうえにさらに三十石の加増で、知行百石の沙汰があった。

それは勘兵衛にとって、たしかに喜ばしい結果ではあったが、どこか心の片隅に、政治というものに対しての不条理感が引っかかっていた。

いや、とにかく、これですべてが終わったのだ。勘兵衛は、どこか割り切れない心に決着をつけるように、そう考えることにした。

だが、それですべてが終わったわけではなかった。勘兵衛は気づいてはいなかったけれど、足元深く、伏流水はいまだ涸《か》れず、ちろちろと小さな流れを形作っていた。

その水脈が、今勘兵衛の足を江戸に向かわせているとも知らず、浦和《うらわ》、蕨《わらび》と過ぎて、船賃六文の戸田《とだ》の渡しで荒川を渡るころには、もう昼の陽は頭上高くに上っていた。

やがて緩《ゆる》い上り坂になった道が奇妙にくねりだし、それまでずっと右手に見えていた富士の山が左手に出現したときには、勘兵衛は少しあわてた。それまでの道中にも何度か道を踏み誤ったか、と思えたときがあったが、このときも迷ったかと感じたのだ。

だが、やがて道は平坦になって、再び富士が右手に戻ってきたころ、榎《えのき》の下に一里塚があった。

これで日本橋まであと三里、と知れた。

さらに一里ほどを進むと、板橋《いたばし》の宿場町に入った。宿や茶屋や御休処を街道の両側にみっしりと侍《はべ》らせて、およそ半里以上も続く大宿場町だった。

（いよいよ江戸だ）

このころは、まだ朱引き内とか御府内とかいったことばはないが、板橋あたりからがもう江戸という概念があった。だから、さすがに勘兵衛の心は高ぶった。

地名のもととなったといわれる、〈板橋〉という名の小橋で石神井《しゃくじい》川を渡ったあとも宿場町は、まだまだ続いた。

気持ちは逸《はや》りながらも、逆に足取りのほうが落ちていく。巣鴨《すがも》村を過ぎたあたりから、ぐんと数を増し、次次と姿を現わす大名や旗本の下屋敷などに目を奪われながら勘兵衛は、自分が向かおうとする大野藩上屋敷の様子を想像した。

駒込追分《こまごめおいわけ》の三叉路を左にとれば、日光御成《おなり》街道、右が日本橋へと至る道である。日本橋までは、あと一里――。

（道は、どこまでも続く……）

おのれの人生をこの道に重ねるような思いで勘兵衛は、菅《すげ》の笠を脱いで背の打飼《うちか》いに結びつけながら御成街道の先を見やった。

（この広い天下に、いよいよ一歩を踏み出すのだ）

若い自負心と、これからの期待とで、勘兵衛は胸を圧する血流の熱さを感じていた。

見るもの、見るものが珍しい。

（きょろきょろして、田舎者と侮《あなど》られてはならぬ）

とは思いながら、二町（二〇〇《メー》《トル》）ほども続く御先手《おさきて》組の組屋敷の規模に驚き、さらにその先の加賀《かが》百万石屋敷の壮大さに瞠目する、といった具合なのだ。

そんなふうにしながら、やがて神田川に突き当たり、教えられたとおり筋違《すじかい》橋を渡ると、もう御曲輪《くるわ》内である。

橋を渡ったところに江戸城三十六門のひとつである筋違御門があるが、往来が激しいので非常時以外は、門が閉められることはない。門には羽織袴姿の番士が三名詰めていた。しかし、手形などを改めることはなく、通行は自由のようだ。

心覚えはしてきたが、勘兵衛は筋違御門内に入ったところで、日本橋への道筋をもう一度たしかめた。

3

広げた絵図は京で出版された華麗な寛文江戸大絵図で、明暦《めいれき》の大火後に一変した現在の江戸を詳しく伝えている。

それから商家が櫛比《しっぴ》する大通りを南へ向かった。須田《すだ》町、通新石《とおりしんこく》町、神田鍋《なべ》町と真っ直ぐ進んでいくと、ついに日本橋だった。

話には聞いていたが、人通りの多さは想像を絶するものがあり、勘兵衛はこのときはじめて、自分が人生の喧噪のただ中に放り込まれたことを実感した。

二十八間（約五〇メートル）の橋上に佇《たたず》めば、右手には一石《いっこく》橋越しに、再建間もない江戸城が並びなき権勢を示威するかのように、傲然とその威容を誇っていた。いつしか陽は西に傾き、江戸城御本丸に隠れている。

左手には江戸橋が見え、多くの小舟が堀をゆく。さらに先には大川があり、海も近いはずだが、そこまでは見えない。

橋を渡り高札場を過ぎて、真っ直ぐに進んだ。

このあたりは江戸商業の中心地で、目抜き通りである。広い道の両側には大店《おおだな》が隙間なく建ち並び、人馬が行き交う。目指すは藩邸のある愛宕下《あたご》であった。

京橋を渡り、銀座、尾張町と過ぎて新橋を渡りはじめたころである。勘兵衛は橋上で思わず鼻をうごめかせていた。異なる匂《い》いがしたからだ。

潮《しお》の香であった。

もちろん山峡の城下に育った勘兵衛には、越前の浜から遠く運ばれてくる魚介は別として、これがはじめての経験である。だが、すぐにそうと直感した。

(海だ)

首をまわして橋上から東を向くと、潮風は、そちらの方向から吹いてくるようである。橋下を左右に流れる堀は、すぐ先で後方からきた堀と合流して、水の三叉路の一本となってさらに南へと続いていく。

巡る堀川には小舟が行き来して、なかには漁船らしきものも混じっている。海は近いようだった。

愛宕下へは、この橋を渡り終えると右折して、さらに左折しなければならない。だが海が近いと知り、勘兵衛は少し考えたのち逆に左へと進路をとった。海、というものを見ておきたかった。

江戸じゅうを灰燼《かいじん》に帰し、江戸城の本丸、二ノ丸、三ノ丸をも焼き尽くした明暦の大火は、明暦三年の正月に起こった。十六年前、勘兵衛が二歳のときだ。

この大火後、江戸の街並みは一変したという。というより、一面の焼け野原と化した江戸を一から町作りし直している。

大火での焼死者は十万人以上、町家や組屋敷は数知れず、万石以上の屋敷だけでも五百以上、旗本屋敷が七百七十余も燃え尽きたのだから、大火後の割り替え作業がすべて終了したのが、つい昨年のことである。石垣工事からはじまった江戸城の修復にいたっては、まだ続いていて、一応の完成を見るのは、この翌年八月を待たねばならない。

だからこの時期、江戸の町は再建途上で拡大を続けているところだ。町には槌音《つちおと》が絶えず、新たな土地を作り出すべく、海では埋め立てが続いている。

この延宝元年という時期は、江戸の町にとってそういう時代であった。

それはともかく勘兵衛は、これといったあてもなく、うろうろ海を探して歩きまわっているうちに、潮入地《しおいり》を埋め立て中の工事現場に出た。

「おう」

思わず吼《ほ》えるように声が出た。その先に広びろと広がる大海原があったからだ。

（これが海か）

しばし息を呑んで、佇んだ。

空の果てまでも続くかのように、ゆったりと広がる、水、水、水の連なり。折からの夕焼けに、舟影は黒く、白帆を朱に染めて行き交う舟が、胡麻《ごま》粒ほどに小さく散らばる。深い藍色の水の列にはねる波頭が、きらきらと夕日を照り返していた。

（なんと……）

ことばには、ならなかった。

水の中に引きずり込まれそうな気分がする。五体を鷲づかみにして、揺さぶられるような感覚があった。

過ぐる三歳の冬に、勘兵衛は生家である大野・水落町の屋敷の屋根に上り、四面に広がる一面の銀世界を眺めたことがある。それを思いだした。

そのときにも、やはり感動したものらしく、勘兵衛は衝動的に屋根から飛び降り、深く積もった雪に埋もれて、危うく一命を落とすところであった。

その後も幾たびか無茶をしでかし、無茶の勘兵衛などと異名をとったものだが、さすがに今となっては、あの海に飛び込んでみたい、との衝動までは起こさなかった。

つい寄り道をしたために、勘兵衛が江戸屋敷に着いたのは、夕間暮《ゆうまぐ》れの残光も乏しく、往来を行く人びとの表情も判別しがたくなったころであった。

二階建ての表長屋で取り囲まれている屋敷は、暮れなずんだ空よりなお黒ぐろと浮かび上がり、見上げた御長屋の屋根からは松や楡《にれ》の枝葉が見越している。

それを、向かいに並び建つ寺院からの漏れ灯が、かすかに照らし、夕風でもあるか、微妙な影を揺らめかせていた。

大名屋敷の長屋門には、その両脇から石垣突き出しの両番所というのを張り出させていて、内部には番人が四六時中、詰めている。勘兵衛が、中の番人に声をかけると、

「切手門《きって》のほうにまわられよ」

とのことであった。

切手門は、もう少し南に設けられた藩士や又家来《またけらい》用の通用門で、そこでは、

「しばし待たれよ」

かなり長い間待たされて、ようやく横の小門が開かれた。

(なるほど、厳重な警固だな)

そんなところにまで感心しながら、勘兵衛は小腰をかがめて、やっと邸内に入った。

「やあ、遠路、お疲れであったろうな」

中では袷《あわせ》の着流しの武士が、柔らかな声で迎えてくれた。

「このたび、江戸詰めを申し渡された落合勘兵衛でござる。到着が、このように日暮れを過ぎてしまい、申し訳も……」

「まあまあ、堅苦しい挨拶はよいではござらぬか。それより、拙者を、お見忘れでござろうかの」

そこで改めて見ると、男は五十がらみの小太りで、なるほど、どこか見覚えがあるような気がする。

「もう、六年、いや七年ぶりになろうかの。あのときはまだ前髪姿でござったが、いやいやご立派になられて、見ちがえるようじゃ」

「あ、新高《にいたか》さまでございましたか」

ようやく勘兵衛は相手が誰か気づいた。

「ま、ま、とにかくこちらへまいられよ」

と案内にたった新高陣八《じんぱち》は、今は江戸留守居となっている松田与左衛門の用人で、松田が若殿の傅役《もりやく》として大野にいた時代、勘兵衛を若君の所に伺候させよ、との使いでやってきたことがある。

それだけではない。これはあとで知ったことだが、勘兵衛の父が無実の罪に問われたとき、松田与左衛門の指示で新高が密使となって、危うく父の命を救ったこともある。勘兵衛父子にとっては、松田与左衛門も新高陣八も恩人なのであった。

新高に案内されたのは、切手門からほど近い長屋であった。長屋といっても、一般藩士が居宅する棟《むね》割り長屋ではなく、間口が十間（一八㍍）以上はあろうかという立派なもので、そこが、どうやら松田の役宅であるらしい。

4

明け六ッ（午前六時）前には、すでに勘兵衛は目覚めていた。

（少し、おかしいのではないか）

目覚めてすぐに、勘兵衛は思った。

昨夜もそう感じていたが、旅の疲れのせいか、深く考えるまでもなく眠りに落ちてしまったのだ。

なにがおかしいかといって、まず、こうして勘兵衛が寝所として与えられた部屋が、きのう案内された松田の役宅の一室であることだ。留守居役といった職掌柄、宿舎は役所をも兼ねている。

勘兵衛は若殿のお付き番になるとのことだったが、身分としてはまだ御供番のままである。ならば、御供番の長屋が与えられるはずだが、ここで食事と風呂をすまし、そのままこの部屋に床が用意されたのだった。

新高の話では、若殿である直明とその奥方である仙姫は、夏からこちら高輪《たかなわ》にある下屋敷のほうに移っているとのことだ。ならば、伊波利三らも高輪にいるわけで、江戸へ来れば、すぐにも伊波に再会できると思っていた勘兵衛は、少しがっかりした。

そのあと当の松田がやってきて、なにやら江戸での心得といったような、説教くさい話をいくつか垂れたと思ったら、

――では、旅の疲れもあろう。床の用意をさせるほどに、今宵はゆっくりとやすまれるがよい。

言って立とうとする。

――あ、できますれば斉藤伝兵衛さまに、江戸到着のご挨拶をすませておきたいと思いますが……。

斉藤は江戸在番の御供番頭で、勘兵衛の新たな上司となるはずの人物である。

――いや、それには及ぶまいよ。

だが松田は、あっけないほどつれない口調で言って、続けた。

――明朝一番にでも、高輪のほうに使者を立てよう。ま、それからのことじゃ。そうそう、ここに、当屋敷での法度《はっと》や、教令をまとめたものを持参いたしておる。一通りは目を通しておかれるのがよかろう。

綴《と》じ書類にしたのを置いていった。

（たしかに到着は暮れ六ツ（午後六時）を越えてはいたろうが……）

それをもって、江戸到着の挨拶を上司にさせない、というのが気にかかる。

（やはり、なにかおかしいぞ）

江戸屋敷に着いてから会った人物が、門番を除けば留守居役の松田と、その用人である新高だけ、というのが、どうにも勘兵衛には納得できないでいた。

（ま、いずれにせよ、そのうちなんらかの指示もあろう）

西も東もわからぬ江戸で、あれこれと気に病んでも仕方がない、と勘兵衛は、とりあえず床をたたんで厠《かわや》へ向かい、教えられていた井戸脇で口をすすぎ顔を洗った。

だが早朝のせいか、それとも江戸の朝は故郷ほどに早くないのか、周囲に人影は見えない。それでもどこからか、飯を炊いているらしい匂いは漂ってくる。

とりあえず部屋に戻り、まだ目を通していない屋敷の〈教令〉を読むことにした。

昨夜は、一通り〈法度書《はっとがき》〉には目を通している。

いわば内部規則で、湯女《ゆな》、傾城狂《けいせい》いはかたく御法度とか、大酒を禁止などなど、事細かな規則のほかに目を引いたのは、屋敷出入りの規則と門限である。

それによると、外出は日の出時より日暮れ時まで、藩士はことごとく切手（通行証）をもって、切手門より出入りのこととなっている。出るときには門番にこの切手を預け、帰ったときにこれを受けとる。門限を過ぎて切手が門番の手にあるときは、目付に届けられることになっていた。

（これは、また、窮屈な……）

正直、勘兵衛はそう思った。

どうしても夜中に外出するときは、組頭に理由を届けて切手をもらわなければならないし、私用のための外出は、月に六度までは許される、などといった規定もあった。

勘兵衛にしてみれば、もちろん江戸へ遊行《ゆぎょう》しにきたつもりはない。だが、これまでの生活を思えば、あまりに堅苦しい御法度ではあった。

することもなく、仕方なく手にした教令のほうには、やはりしかつめらしい調子で、家中としての作法のようなことが、事細かな例を挙げて、こういう場合は、こう対処せよとか書かれていて、勘兵衛をうんざりさせた。

なるほど故郷の大野とはちがい、江戸は天下の諸侯とその家中が集まるところで、それぞれに国柄もちがえば、習慣もちがう。それが揉め事のもととなって、思わぬ紛争が起こった例は、遠く山峡の城下町にまでも届いていた。

そこで、無益な紛争を回避するため、このような〈教令〉ができたものらしい。ましてや、江戸の留守居というのは、いわば幕府や他国間とを結ぶ外交官で、紛争が起きたときには先頭に立って、これを穏便におさめなければならない役向きである。

松田の意図は勘兵衛にも伝わったが、やはり退屈きわまりない読書ではあった。

それでも真面目に〈教令〉を読み進めていくと、

(ははあ)

教令の一節に、

〈泥濘《ぬかるみ》の道というも、道よきところを選ばず、人を除《よ》けそうろうて、あいたる道を通るが肝要なり〉

というのを見つけて、勘兵衛はひとり破顔した。

道がぬかるんだりした悪路の場合、人と争って歩きやすいほうを選んだりせずに、あいているほうの道を選べ、というのである。

故郷の家塾でも、武士のたしなみとして、道の中央を通って車馬や人の邪魔にならぬように歩け、と同様な心得を習ったことがある。だが勘兵衛が笑ったのは、松田が昨夜、きまじめな顔と声音で、こんなことを言ったのを思い起こしたからだ。

──勘兵衛どのは、きょくてんせきち、ということばをご存じか。

勘兵衛の前に姿を現わした松田が、挨拶もそこそこに、いきなり、こう切り出したときには面食らった。

──はあ、きょくてんせきち、でございますか……。

しばし考え、そうか、〈跼天蹐地〉だなと合点《がてん》がいって、

──天の高きも背を曲げて立つ所なく、地の広きも足をかさねて賎《いや》しむ所なし、の〈跼天蹐地〉でございましょうか。

『詩経』から出たことばで、高い天の下にも背をかがめて歩き、広い地上でも、そっと抜き足で歩く。すなわち、世をおそれはばかって、肩身をせまく処する、というような意味になる。

松田の顔が嬉しげにゆるみ、

──いや、いや、ご英才とは聞き及んでいたが、これはなかなかに……。さよう、その〈跼天蹐地〉でござるよ。まずは江戸での心得のひとつとして、それを単なる知識としてではなく、ぜひ実践していただきたいのじゃ。なにしろ、この江戸ではな

……。

と説教じみた長い話がはじまったのであった。

と、そんなことを思いだしているところへ、

「やあ、早うござるな。もうお目覚めか」

新高がやってきた。

「すぐに朝餉《あさげ》など用意させよう。そうそう、すでに高輪のほうへは使いをやってござる。ほどなく連絡も入ろうほどに、今しばらく、ごゆるりと休んでおられよ」

「それは、ありがとうございます。下屋敷までは、どのくらいの距離でござろうか」

「なに、ほんの一里ほどでござるがな」

ならば、ここで待つこともない、直接に下屋敷に向かったほうがよかったのではないか、と勘兵衛は思ったものだが、すでに使いを出したと言うから、仕方がない。

密命

1

高輪からの連絡は、まだか。

まさか、直明さまが直じきにいらっしゃるとは思わぬが、そのときには、どう挨拶をすればよいか。

勘兵衛は、

（たぶん、利三が来るのではないか）

そんな気がした。

その予想は当たった。そろそろ昼時に近いころである。

「やあ、きたな」

「おう、きたぞ」

互いに声を掛け合い、屈託なく笑いあったつもりが、なぜか利三には、もうひとつ元気がないように感じられた。

（伊波に会ったら……）

〈水くさいやつだ〉

くらいは言ってやらねば気がすまぬ、と思っていたが、利三の様子に言いそびれている。なんだか不思議な具合に互いを見つめ合ったあと、利三が言った。

「とにかく、出ぬか」

「高輪へ向かうのか」

「うん。まあ、とにかく出よう。荷物は置いたままでいい」

やはり変だ、と勘兵衛は思った。

二人して屋敷を出ると、

「どこかもう、見物はしたか」

「真っ直ぐにきたからな。まだ、どこも見ておらん」

「そうか。じゃ、愛宕山に登ろう。午餐《ごさん》でもとろう」

利三が誘った。

愛宕権現の鳥居をくぐると、中央に太い鉄鎖を渡した、幅二間（三・六メートル）ほどの急な石段がはじまる。右方向には、斜めに離れていくなだらかな石段が続く。

樹木が両側に鬱蒼と続く石段は、見上げれば坂上に朱塗りの楼門が待ち受けていた。

「男坂といってな。七十二段あるが、江戸で一番急な石坂だ。右手のほうにあるのが女坂といって、そっちは百八段だ」

「ふうん」

「毎月、二十四日が縁日で、そのときはたいそうな賑わいだが、きょうは、それほどでもないな」

「…………」

利三が説明を買って出ているが、勘兵衛の口は重かった。

松田の役宅の一室で待つ間、あれも聞きたい、これも聞きたい、ということは多多あったのだが、訝《いぶか》る気持ちがそうさせている。

「崖通りに茶屋が二十軒ほどあってな、そこの「あき広」という茶屋の穴子《あなご》飯がうまいんだ。それに眺めが、すこぶる良い。そうそう、海も見えるぞ」

急坂に、利三は息を弾《はず》ませていた。

「海なら、きのう見た」

「そうか、もう見たか。どうだった」

「想像を絶した」

「そうだろう。俺も、最初に見たときは身震《みぶる》いしたぞ」

ようやく口がほぐれかけたころ、楼門をくぐった。

楼門の左右に出茶屋が軒《のき》を連ねており、茶屋前の通りを崖通りというのは、茶屋が崖っぷちに沿って建てられているからである。

だからして、茶屋からの眺めは、まことにすばらしい。

〈見下ろせば万戸千門は甍《いらか》をならべ、海は千里の風光を見渡して……〉

と、ものの本に描かれるとおりの風景があって、南は芝浦《しばうら》の海、深川《ふかがわ》、洲崎《すざき》のあたりまで、北は浅草川まで望まれる。

茶屋で小女《こおんな》に注文を出し、それが去るのを見計らったように、

「すまぬ」

いきなり利三が頭を下げてきた。

「おいおい」

「いや。まずは謝っておかねば、俺の気がすまぬ」

「いったい、どういうことなんだ」

「うむ。実は俺も知らなかった。いや、知らなかったでは、すまんのだが……」

「………」

不吉な予感がした。

「なんのことかわからん」

「そりゃ、そうだ。実は俺にも、まだ、よく飲みこめんのだが、おぬしの江戸での役柄について、だ」

「若殿の……直明さまのお付き、ということじゃなかったのか」

「いや、それがどうもな。その、なんだ。どうも役柄が変わってしまったらしい。俺にもまだ合点がいかぬのだが、実は別命があってな」

「別命……?」

「それも密事だ。同じ家中といえど、知られてはならぬ」

「ふむ」

なにごとであろうか、と勘兵衛は少し緊張した。

落合勘兵衛を、松平直明のお付き番にしたい、という話は、当の直明から出た。

それを一番喜んだのが伊波利三で、進んで国許への使者となり、その意向を大野へ運んできた。そして江戸へ戻ってはじめて、勘兵衛に与えられることになっている密命を知った、と言うのだ。

だとしても、なにも利三が謝ることはない。まるで、その密命のことを知っていれば、自分は使者など引き受けなかった、と言わんばかりの口ぶりだったので、よほど困難な役目なのだろう、と勘兵衛は覚悟した。

2

「で、その密命というのはなんだ」

「山路亥之助のことだ」

「おう」

因縁《いんねん》深い名に、思わず声が出た。

銅山不正の証拠を湮滅《いんめつ》させるため、山路家与党が持穴村山師の屋敷を襲撃した。証人を抹殺し、屋敷には火を放っている。そして目付衆との闘争を展開したあげく、山路亥之助らがいずこかへ姿を消していた。

半年前――。三月も終わりのことだ。

利三が言う。

「逐電したのは、亥之助と、山路家用人の長谷川八百三郎《やおさぶろう》、そして小泉のところの若党で春田久蔵だ。だが長谷川と春田は陪臣だ。憎くはあるが、藩として上意討ちを命じるわけにはいかん」

武士の世界は、面子《めんつ》と作法に縛られている。

いくら憎かろうと、長谷川は山路家の、春田は小泉家の家臣であった。それぞれが我が家のために働いたものを、陪臣だからといって上意討ちにするという名分は立たない。

もっとも藩内にいれば捕らえて罪を問うこともできるが、藩外へ逃れられれば手出しはできないのだ。このあたりが、敵《かたき》討ちと上意討ちの大きなちがいだろうか。

「つまり、上意討ちは、山路亥之助ただひとりに出たわけだな」

討手が出たとは聞いていたが、詳しいところまでは勘兵衛も知らない。

「そういうことだ。ただ、三人が徒党を組んで、上意討ちを邪魔するようなら、捕らえるも良し、斬り捨てるも良しということになって、徒目付衆から五人の手練《てだ》れが選ばれた」

今枝助八郎、高井兵衛、村田半左衛門……と、利三が五人の名を挙げるなかに、勘兵衛の知った名があった。高井兵衛である。

勘兵衛自身は後寺町の坂巻《さかまき》道場で夕雲《せきうん》流を修行したが、石灯籠《いしどうろう》小路で小野派一刀流を教える村松道場というのがあって、城下では毎年一回の交流試合があった。

勘兵衛は昨年、先鋒として初出場し、そのときの対手が高井であったのだ。結果は二本を先取して勘兵衛が勝ったが、高井の鋭い太刀筋は今も覚えている。

「うむ。亥之助も村松道場だったな」

勘兵衛がそのことを言うと、利三はうなずき、

「かなり遣《つか》うと聞いたが……」

「ああ、亥之助は去年の試合では中堅で出て、守屋新兵衛を破った」

「ほう」

守屋は、坂巻道場で席次五位を張っていた。これは勘兵衛よりも上位であった。

「で、どうなんだ。おまえなら、亥之助に勝てるか」

「さて……。去年の試合を見たかぎりでは、勝てる、と思ったが……」

これは勘兵衛の、うぬぼれではない。その後に御供番に上がった勘兵衛は強者揃い

の御供番道場でさらに研鑽を積んで、あのとき以上に剣の腕を上げていた。

「そりゃ、たのもしい」

利三が笑うのを見て、

（さては……）

ふと訝った。

そのとき、穴子飯が運ばれてきた。

「まあ、食おう。少し長い話になるからな」

「わかった。おう、これはうまそうだ」

汁椀とともに運ばれてきた四角い重箱の蓋《ふた》を取ると、飯を敷き詰めた上に、穴子の蒲焼きをそぎ切りにしたのが、ぎっしり載っている。ぷんといい香りがしたが、それまで勘兵衛は、穴子というものを食ったことがなかった。

箸を取り、一口食って、

「うーむ、うまい」

うなった。

塩とタレで炊き込んだらしい飯には、芹《せり》を刻んで混ぜ込んでいるようだ。蒲焼きと芹の香りが絶妙であった。

「うまいだろう。この穴子飯は、安芸《あき》の宮島が本家らしい」

「それで、この茶屋は［あき広］というのか」

「ああ、そうか、そうだったのか」

自分で案内しておきながら、利三は、今はじめて気づいたような声を出し、

「いや、この穴子のことを、こちらでは〈めそっこ〉などと呼んでな。旬の夏場だと、もっとうまいぞ」

そう言うと、忙しく箸を動かしはじめた。

「で、密命とは、どういうことだ」

話が横道にそれそうになるのを、勘兵衛は引き戻した。

「うむ。そのことだ。まあ、順番に話そう」

上意討ちの主命を受けた高井たちは、ただ闇雲に山路亥之助を追ったのではない。山路の家は、三河譜代の家に連なっているそうで、その線が追われた。その本家は、姓こそちがえ家禄八百石の旗本で、現在の当主は江原九郎右衛門といった。

亥之助が頼るのは、ここしかないと思われた。江原家は無役の小普請組《こぶしん》ながら、御目見得《おめみえ》が許された天下の旗本であったからだ。きっと江戸に向かう。そう推量した。

問題はひとりか、あるいは他の二人も同道するかだが、長谷川は山路家の用人で、

嫡子の亥之助とは主従の関係にある。少なくともこの二人は行動をともにするであろうと考えられた。それに、江戸までの路銀の問題もある。

この長谷川の係累に郡上八幡《ぐじょうはちまん》の商人がいて、途中、ここに路銀の調達に向かう可能性があった。そこで討手たちは、まずは郡上八幡に急いだ。だが、遅かった。

近所に聞き込みをかけたところ、それらしい武士が二人、夕暮れ近くに彼《か》の商家へ立ち寄ったのを向かいの経師屋《きょうじや》が目撃していた。それによると、二人の武士は再び路上に姿を現わして、またいずこへともなく去ったという。討手が着く三日前のことだ。

そこで商家に問いただしをかけたところ、たしかに長谷川と亥之助であった。金子を用立てはしたが、行き先までは聞いていないと言う。ただ亥之助のほうは手傷を負っていたことが判明した。

「ひとりが手負いならば十分に追いつけると踏んで、討手たちは江戸に急いだ。江原九郎右衛門の屋敷は、市ヶ谷《いちがや》の加賀原《かがはら》というところにあってな。ここからなら一里半ほど、市ヶ谷御門を出た先のほうにある。そこで亥之助らを待ち伏せしたのだが、これが一向に姿を現わさん」

「亥之助たちも必死に急いで、先に着いていたのではないか」

「たぶん、そうだろう。そこで今枝さんらは、加賀原からほど近い八幡《はちまん》町の町家を借りて、昼夜交代しながら江原屋敷を見張ることにした」

今枝というのが、五人の討手の頭分らしいが、利三の話を聞きながら、

（いやあ、たいへんな苦労だ……）

勘兵衛は、正直、そう思った。

持穴村から逃亡した三人のうち、春田久蔵だけは別行動で逃げたため、そちらは勝手御免ですまされたようである。

「だが、日ばかりがむなしく過ぎて、一向に亥之助の消息がつかめぬ。そこで、江原屋敷の中間を金で釣って内部の様子を探ることにした」

「なるほど」

「すると、それらしき客が滞在していることが判明した」

「ふうむ。この穴子のように、穴の奥深く身を隠していたわけか」

勘兵衛は言ったが、その穴子はとっくに胃の腑へ消えていた。

「そうなると、もう持久戦だ。そうそういつまでも穴の中へ隠れているわけにもいくまいからな」

「そりゃあ、いずれは、外に出ような」

「そう考えていたのだが、待てど暮らせど、らちが明かぬ。というより亥之助も十分に警戒をしている様子でな。外出の際にはまず物見を立て、大丈夫となると笠で顔を隠して出てくる。それらしいのが出てきて、跡《あと》をつけたり声をかけると、真っ赤な替え玉だったりしたことが何度もあった」

「その隙に、本物が出てくるというわけか」

（いたちごっこ、だな）

と、勘兵衛は思った。

「そのような話を耳にして、ついには我が殿が業を煮やされてな。わずか五人では無理がある。交代交代ならば、見張るはせいぜいが二人か三人、それも表門もあれば裏門もあるわけで、それでは事が運ぶはずはない。もっと人数を増やすべきだ、と言い出された。とはいうても、亥之助の顔を知らねば役には立たぬわけだ」

（少しばかり、話が見えてきはじめた）

と勘兵衛は思った。

もちろん勘兵衛は亥之助の顔を知っている。というより、亥之助が逐電するきっかけを作ったのは勘兵衛の父であったから、因縁は深い。

「つまり、俺に討手の加勢をしろ、ということか」

利三の説明にも、そろそろ倦《う》んできた勘兵衛が短兵急に言うと、

「ま、似たようなことだが、もう少し説明させろ。単に亥之助を見知っているというだけなら、俺だって、それに丹生《にう》だっている」

それはそうだ。

丹生新吾は、利三と同じ直明の小姓で風伝《ふうでん》流槍術の達人である。

かつて故郷の清滝社で勘兵衛が亥之助に呼び出され、多勢を相手に一人きりの喧嘩を余儀なくされたとき、この利三とともに助勢に駆けつけてくれた好男子であった。

懐かしい名を聞いたものだ、と思う勘兵衛をよそに、利三の説明は続いた。

業を煮やした直明は、父である藩主の直良に、伊波利三と丹生新吾の二人を討手の加勢にくわえたいと申し出たが、それはならぬと一蹴された。

「直良さまが言われるには、主命として上意討ちを命じたからには、討ち果たさぬうちは故郷にも戻れぬ。その列に、子飼いの二人をくわえるということが、どういうことかわかっているのか、というものだったらしい」

「ううむ……」

思わず勘兵衛は絶句した。

(すると、俺はどうなる……)

「直明さまというのは、なかなかに気性の激しいお方でな。父君に諭《さと》されたからといって、そう簡単には引っ込まず、しかしながら山路亥之助というもの、あまりに憎し。ぜひにも討ち果たさねば、藩の名折れとねばった末に、おまえの名が出てきた」

「…………」

「おまえの名が出てきたのは、間違いなく俺の責任だ。山路亥之助に討手が出たと知ったとき、ついうっかり、おまえと亥之助の因縁を直明さまの耳に入れたのは俺だからな」

「例の清滝社の喧嘩の一件か」

「それもある。しかし、まああれは子供の喧嘩だ。生涯、恨《うら》みに思うこともあるまい。そんなことより、おまえの家は山路の父から、ずいぶんひどい仕打ちを受けたそうではないか」

故郷の大野にいたころ、藩主後継に関する立場の違いから父が山路に疎《うと》まれ、さらには面谷銅山の不正問題で窮地に追い込まれたことを言った。

「…………」

「とにかく、おまえを直明さまのお付き番として呼んだうえで、ということで父君を説得したそうだ。つまり討手の加勢をするのは主命ではなく、直明さまの特命というかたちをとろうというのだな」

（いやはや、しちめんどくさいものだな）

と勘兵衛は思っている。やはり、政《まつりごと》のことは不可解千万であった。

「つまり、こうか。俺の場合は、主命ではないから、亥之助を討ち果たすまでいつまでも、という制約は外れるわけか」

「ま、そういうことになる」

（ならば――）

と勘兵衛は思った。

伊波利三や丹生新吾に、その特命とやらを下せば、同じことじゃないのか。

（いや、やはりちがうか――）

伊波と丹生は児小姓から上がって、ずっと直明に仕《つか》えてきている者で、やはり勘兵衛とは立場がちがう。

「わかった」

覚悟を決めて、勘兵衛は言った。だが――。

「いや。まだ続きがある」

「ええ」

げんなりした。

「実は、おまえがやってくる間に、さらに事情が変わってしまったのだ」

いったい、なにが、どう変わったというのか――。

勘兵衛は、ますます自分に与えられようとする密命が、容易ならざるものであることを予感した。

3

江戸の月見は年に三度あって、七月二十六日の二十六夜待、八月十五日の十五夜、そして九月十三日の十三夜、市中のあちこちにある月見名所では、この三夜ともに行楽客で賑わう。

さて、その十三夜の当日七ツ（午後四時）ごろ、江原九郎右衛門の屋敷から六名ばかりの家士が揃って出てきた。

そのときの見張り番が村田半左衛門と高井兵衛で、一行のうちに長谷川八百三郎らしき人物が混じっているのに気づいた。そこで両人は、さっそくその跡をつけはじめた。

着いた先は湯島天神《ゆしまてんじん》、月見名所のひとつで、すでに群衆がどよめいている。そのころにはまぎれもなく長谷川と判明していたが、両人は慎重に長谷川が一人になる機会を待った。そして機会はきた。

長谷川を取り押さえ、山路亥之助が江原屋敷にいることさえ白状させれば、それですんだ。武家の定法で、正式に藩として江原に山路の引き渡しを求めることができる。確証がないと、江原に「知らぬ」と突っぱねられれば、それまでであったからだ。

武家の一分《いちぶん》、というのは大切なことで、救いを求めて駆け込んできた者を、意地にかけても守るのが美風とされた。

これを〈囲《かこ》う〉といって、追跡者から逃亡者を保護する例はしばしばあった。藩邸や大名屋敷は公儀の警察力も及ばない、治外法権の地でもあったのだ。

だが追っ手を突っぱねることができるのは、たしかにその屋敷が〈囲っている〉という証拠を相手につかまれていない場合にかぎられていて、確証をつかまれてしまえば、互いの威信をかけて事を構えるか、あるいは談判に応じるほかはない。

結果、逃亡者を引き渡すことになったとしても、囲った側ではそれで武家の一分が立つのである。

ところが長谷川は、村田と高井に気づくと、いきなり抜刀して斬りつけてきた。仕方なく高井が、これを一刀のもとに斬り伏せて、長谷川は即死した。それで湯島は騒然となった。

「御留守居の松田さまが素早く動かれて、湯島天神での騒ぎは、どうにか収めたのだが……」

利三は言って、

「そのあとが、どうもな……」

首をひねった。

「討手の存在が、敵に筒抜けになってしまったからか」

「もう数ヶ月も、江原の屋敷を四六時中、見張っていたんだ。そんなことは、とっくにお見通しだったろうさ」

「そりゃ、そうだ」

十三夜というと、わずかに半月前、勘兵衛は江戸への道中の途次である。そのことで、予期せぬ転回があったようだ。

「日を置かずして、江原屋敷から護衛付きの駕籠が出た。たぶん中身は亥之助だ」

「ほう」

「向かった先が、蔵前《くらまえ》通りの本多《ほんだ》出雲守《いずものかみ》の屋敷だった」

「大和郡山《やまとこおりやま》の？　あの〈九・六騒動〉の、本多出雲か？」

「そう、その本多だ」

利三は苦《にが》にがしい顔になった。

播州姫路十五万石の本多政朝《まさとも》が重い病に冒《おか》されたとき、嫡子の政長《まさなが》とその弟の政信《まさのぶ》は、まだ幼少であった。

そこで政朝は庶流の本多内記《ないき》政勝《まさかつ》を呼び、嫡子政長が成人したら家督を譲る約束で、一時的に家督を預けることにした。幕府もこれを認めた。

こうして十五万石を預かって、内記政勝は大和郡山十五万石に転封して、大内記《だいないき》と呼ばれるようになる。

だが大内記政勝は、次第に実子の政利《まさとし》を後嗣にしようとの欲が出て、家中が分裂して対立する、という御家騒動に発展する。その間に本家の政信が謎の死を遂げて、対立は激化していった。

そして二年前の寛文十一年、大内記政勝の死去によって、相続を巡る対立は危機的な状況に入るにいたり、ついに幕府も重い腰を上げざるを得なくなった。

幕府が長く腰を上げなかったのには理由がある。

大内記政勝が今をときめく下馬将軍、大老の酒井忠清《ただきよ》に誼《よしみ》を通じて、その後ろ盾を得ていたことと、政勝の嫡子である出雲守政利が、水戸光圀《みつくに》の妹を妻にしているということが背景にあった。それらが幕府の裁定にも、大きく影を落とすことになった。

はたして裁定の結果は、大和郡山十五万石を分割して、うち九万石を嫡流の本多政長に、六万石を本多政利に与えるというもので、ついに庶流が本家を簒奪《さんだつ》したかたちになった。この暴挙に、世間もあっと言う。

一国に、二人の城主。これもまた未曾有のことであったからだ。世間では、これを〈九・六騒動〉と呼んでいる。

それがつい二年前のことで、本多出雲守政利というのは、実に世間の評判が悪い。

本家の本多政信は実は毒殺で、その黒幕は政利だ、と世間では見ている。そんな政利のところへ、亥之助は逃げ込んだというのだ。

4

「しかし、また、なにゆえにそんなところに……」

「調べてわかったんだが……」

利三が言うには、徳川四天王のひとりである本多忠勝が、十五万石で桑名城主になるときに、徳川家康が与力として五十五人の士を「御附人《おつき》」として付けた。このうち長く本多家にとどまった者もあれば、元の旗本に戻った者もあって、江原九郎右衛門は、先代の時に旗本に戻った家であった。

「なるほど、本多家とは縁浅からぬ家というわけか」

だからといって……と、勘兵衛は思う。

（水戸光圀が後ろにいるとはいえ、恐れ入ることなどない。我が主にしても越前家ではないか）

初代福井藩主の結城秀康《ゆうきひでやす》は、庶子とはいえ二代将軍秀忠の兄にあたる。そのため、この流れを汲む越前松平家は、形式としては譜代大名でありながら〈制外の御家〉と呼ばれ、将軍の親類筋と家来筋の中間的なものとして、例外的に厚遇されている。

勘兵衛の主である藩主の松平直良は、その秀康の六男だから、一般大名とはちがう家格を与えられて、幕閣からも一目置かれる存在なのだ。

片や本多出雲守のほうは、水戸光圀の妹が奥方だが、その父の頼房《よりふさ》が家康の十一男で、その頼房もまた十一男・十五女という子だくさんである。いくら妹とはいえ、これだけはらからが多いと、光圀にしても、そんな細かなところまで手はまわるまい。幕閣が勝手に遠慮している、というのが実際のところではなかろうか。

（問題は、やはり大老の酒井忠清か）

下馬将軍と呼ばれて、飛ぶ鳥をも落とすほどの権勢をふるっている、という事実だ。

わずかに十一歳で四代将軍の座についた家綱を補佐してきた老中たちが、寛文になって次次と死んで、棚ぼた式に大老に昇格した忠清は、家綱が気弱というより少し知恵遅れだから、もうやりたい放題で、幕政に大老の専横がまかり通る、という時代になっている。

それが勘兵衛には、いかにもばからしく思えるし、気に入らぬ。持ち前の正義感がむくむく頭をもたげてきて、言い放った。

「亥之助が江原を出て、本多に逃げ込んだとて、なに変わることなどなかろうが。亥之助が一生を本多の屋敷で暮らすわけでもなし、出てきたところを討ち取ればすむことだ」

「それが、そういうわけにもいかんのだ。今度は、御留守居の松田さまが出てきてな」

「松田さまが……。ふむ。なんとおっしゃられるのだ」

勘兵衛は、きりりと眦《まなじり》をあげた。

「亥之助の上意討ちは、これまでになされませ、と大殿に進言されたのだ」

「なんと……」

「理由のまず第一が、仙姫さまが酒井忠清のご係累であること」

「むむう」

そうであったな、と勘兵衛は気づいた。

安房勝山藩主である酒井備後守《びんごのかみ》の姪である仙姫が、いったん松平隠岐守《おきのかみ》の養女となったのち、松平直明に輿《こし》入れしてきたのは二年前で、その婚姻を決めたのが大老の酒井忠清であったのだ。

「第二が、元はといえば、藩内の失政より起こりたること、これ以上騒ぎを大きくすると、統治よろしからずの口実を幕閣に与えることにもなって、百害あって一利なし」

隠忍自重《じちょう》せよ、ということらしい。

「第三に、上意討ちの命を受けたる五名の者、このままにては、いつまでも故郷にも戻れず、ついには江戸の土となるやもしれず、それにてはあまりに不憫《ふびん》……」

なるほど亥之助の上意討ちさえあきらめれば、四方は丸く収まるのである。そしてそれがまた、江戸留守居たる松田与左衛門の職務でもあったのだ。

「御留守居の進言に、ついに大殿は首を縦に振った」

「ほ……」

最初、自分に与えられたはずの職務が、おのれの知らぬうちに、ころころ変わっていく過程が納得できぬまま、勘兵衛は、ぽかんと利三を見やり、

「するとなにか。上意討ちは取りやめになったのか」

「ま、そういうことだ。大殿も、もう古稀《こき》を迎えられた。ここだけの話だが、ずいぶんと気弱になられたのか、それとも丸くなられたのか。えらくあっさりと上意討ちの命を引っ込めて、討手の今枝助八郎以下五名は、つい四日前に大野に戻っていったぞ」

「ふうむ」

勘兵衛としては、うなるほかはない。

(では、我に下される密命とは、いったいいかなるものなのだ)

「だが直明さまには、それが御不服じゃ。なにがなんでも、亥之助を討たずには気がすまぬとおっしゃる」

「まさか、その役を俺にというんじゃないだろうな」

それだと、とんだとばっちりというものだ。

「いや、そのまさかだな」

「おいおい」

勘兵衛は顔をしかめた。

「第一そのことを、大殿さまや、御留守居の松田さまはご承知なのか」

「松田さまは、元もとが直明さまの傅役《もりやく》として、ご幼少のころよりお育てあった方だ。やはり直明さまには甘い。表立ってというわけにはいかぬが、人知れず、忍びやかになされる分には目をつぶっておきましょうと、えらく玉虫色のご承諾でな。早い話が、家中の者にも知られず、こっそりやる分には見て見ぬふりをするというような、ま、そんなふうな話になったそうでな」

「ふうむ」

うなるしかないが、どうも曖昧模糊とした話に思えた。

(実際のところ松田さまは、このことには反対なのだな)

勘兵衛がそう思ったのには、わけがある。

昨夜のことだが〈跼天蹐地〉などと小難しい話をしたあとで、松田は、武家の町であるこの江戸で、武士の一分などということを振りまわしてはろくなことはない、というふうに話を続けた。そのうえで渡されたのが〈法度書〉と〈教令〉であった。あれにも意味があったのだ、と勘兵衛は気づいていた。

今朝読んだ〈教令〉のなかに〈奔込者《はしりこむもの》〉があったときの対応の方法が、事細かに記されていた。

もし駆け込みがあった場合、すぐさま家老や用人に報告することとか、追っ手がきた場合には、門番はシラを切れとか、追っ手がたしかに駆け込むのを見たと言い張るようなら、それでは調べてみましょうとしばらく待たせ、やはりそのような者は屋敷内にはおりませんでしたと答えよ、などと、まるで茶番狂言じみた問答集が羅列されていたのだ。

ここに書かれた〈奔込者〉とは、まさに山路亥之助であった。

勘兵衛が江戸で与えられるであろう役目について、松田は、そんなかたちで江戸の流儀を教えたかったのではないか。

そうとしか思えない。

(真剣に取り組まんでもいいぞ)

松田の、そんな声が聞こえたような気がした。

あれこれ考えをめぐらしている勘兵衛に、利三が続ける。

「ま、いずれにしても、そういったことが、この十日ばかりの間に、ばたばたばたと進行してな。なにをどうするといった具体的なことは、なんにも決まっておらんし、正直なところ、俺にも、まだ呑み込めんところがいっぱいあるんだ」

「俺にしても、よく呑み込めはせぬが、つまりは俺を江戸に呼んで、上意討ちの手伝いをさせようとしていたところ、事情が変わってしまった、ということだな」

「簡単に言えば、そういうことになる」

「つまり、上意討ちのほうは取りやめになったが、それでは直明さまの気がすまぬ。で、内内のうちに、俺に亥之助を討てということだな」

「直明さまがおっしゃるには、無茶の勘兵衛なら、なんとかするのではないか……と」

「それこそ無茶だ」

「そう、むくれるな。とりあえず、そういった事情をおまえに呑み込ませてから伺候させよ、ということなんだよ」

亥之助が旗本屋敷に逃げ込んだために、討手が五人がかりで果たせなかったことを、今度は、俺ひとりでやれと言うのか。しかも今度は、大名屋敷に逃げ込んでいる。

(何年かかるか、わからんぞ)

もし密命を果たせないときは、どうなるか。勘兵衛の脳裏には、ちらりとそんなことも浮かんだ。

どろどろしたわけのわからない世界が、自分の行き先に広がっているように思える。

(えい。四の五の言ってもはじまらんわ)

覚悟をつけて勘兵衛は言った。

「わかった。じゃ、直明さまのところへ連れていけ」

まるで将棋の駒のように、おのれの意志の及ばぬところで、ころころ転がされている自分に区切りをつけるように言った。

江戸彷徨《ほうこう》

1

どのような伝手《つて》かはわからぬが、勘兵衛は浅草瓦町の［高砂《たかさご》屋藤兵衛《とうべえ》］の居候《いそうろう》になった。菓子屋である。

岩おこしや、なんきんおこし、といったものを商《あきな》っていて、亭主の藤兵衛は五十をひとつふたつ過ぎたくらい、妻女と息子が二人の四人家族だった。それに手代が一人と丁稚が二人、三十ほどと思われる下女が一人住み込んでいて合計八人、ほかには通いの菓子職人が三人いるといった陣容の店だ。

ここに勘兵衛は、剣術修行のための遊学、とのふれこみでもぐりこんだ。

愛宕山で伊波利三から話を聞いたあと、大野藩高輪下屋敷において、ああでもない、こうでもないと下相談はしたものの、これといった妙案も出ないまま、とりあえずは勘兵衛一人、自由に江戸の町を泳ぎまわって山路亥之助の動向を探る、ということになったのである。これには松田与左衛門の進言が、大きく影響を与えている。

実際の手配りをしたのも、おそらく松田であろう。でなければ、こうした居候先だって探し出せるものではない。

勘兵衛は、江戸留守居役の知恵と、顔の広さというものに改めて感心した。というのも、この［高砂屋］は、本多出雲守屋敷とは目と鼻の先だったからだ。

吹く風も冷たい十月半ば、浅草橋で神田川を渡った勘兵衛が、［高砂屋］の亭主にはじめて会って、

「拙者は……」

と挨拶をしかかると、

「いやいや……」

藤兵衛は、太くて短い指が並んだ掌《てのひら》を広げて押しとどめ、次に自分の胸を押さえて言った。

「羽織の紐《ひも》、じゃによって」

胸にある。つまりは委細は承知している、としゃれて言い、

「ただし家人は知らぬことゆえ、そのおつもりで。剣術修行で押し通してくだされ」

念を押された。

それから家人や雇い人にまで勘兵衛を引き合わせ、二階の部屋に案内された。

「手狭な部屋で申しわけありませぬが、落合さまには、こちらをご用意させていただくつもりです。よろしゅうございましょうか」

といっても、八畳の部屋だ。文句はない。

家具らしいものといえば、文机《ふづくえ》に置き行燈《あんどん》と手あぶりがひとつ、それに枕屏風が部屋の片隅にあるだけで、むしろだだっ広く感じられた。

「いやいや、かたじけないことでござる」

居候と決まったときから、もっと狭苦しい部屋か、布団部屋かと覚悟はしていたから、かえって嬉しい。

「その代わりといっては、なんですが……」

藤兵衛が先に立ち、窓の障子を放つと部屋には初冬の光があふれた。

「眺めだけは、ようございますよ」

声に誘われるように恰幅のある藤兵衛の横に立つと、眼前には道路を挟んで商家の屋根が並び、左手三町（三〇〇メートル）ばかり先には、浅草御蔵が白壁を見せて、ずらりと建ち並んでいる。その向こうは大川のはずだが、御蔵のほうがずっと高いために、まるで見えない。

(それほどの眺めとも思えぬが……)

そんな感想の勘兵衛をよそに、藤兵衛が言った。

「この下を左右に通っている道は、奥州・日光街道でございまして、まっすぐ行きますれば金龍山浅草寺《せんそうじ》へとまいります」

して、観音堂のその北奥には新吉原《しんよしわら》があると言いたいのであろう、と勘兵衛は予測したが、それは外れて、藤兵衛が右手のほうを指さした。

「浅草橋を渡ったところから、こちら街道筋への一《ひと》つづきが、順番に茅町《かやちょう》一丁目、二丁目と続く両側町でございますよ。木戸のあるあたりが二丁目でございますな」

「なるほど」

木戸の両袖には番屋と木戸番の小屋があり、番屋の屋根には火の見櫓《やぐら》が設けられている。建ち並んでいる家家は町家で、そのほとんどが見世を張っていた。

ところどころ三、四尺幅の小さな路地と家木戸があるところは、その奥に裏店《うらだな》を抱えているのであろう。

「で、町家の奥から大川までが松平市正《いちのかみ》さまのお屋敷となっております」

相槌を打ったものの、さて誰であったかと思っていると、

「豊後の杵築《きづき》藩三万三千石のお屋敷でございますよ。で、そこからこちら、ほら角に
「和泉屋」と看板が上がっておりましょう」

勘兵衛が覗いているすぐ右手の一階屋根に、麗麗しく金看板が掲《かか》げられている。

「あれは小間物屋でございますが、その「和泉屋」からこちらが、瓦町」

藤兵衛の指が右から左に動いていって、勘兵衛も首を巡らせた。藤兵衛の指が止まったのは、一つづきの町家が途切れたあたりで、

「あそこの角に、数珠《じゆず》を商っている「大和屋千代兵衛」というのがございまして」

と説明が続くころには、勘兵衛は少しうんざりしはじめた。その数珠屋もやはり瓦町で、その先に天王町と続いて、浅草御蔵となるんだそうだ。

「で、先ほどの松平市正さまのお屋敷の北隣りで、茅町二丁目の途中から天王町にかけての町裏から大川までが、本多出雲守さまのお屋敷でしてな」

（お！）

勘兵衛は、思わず出そうになる声を、どうにかとどめた。

「敷地は、およそ一万と五百坪。そりゃあ広いお屋敷でございますよ。御門は二つご

ざいまして……」

表門から続く道が左手の数珠屋のところへ出てきて、長屋門からの道は右手の小間物屋のところへ出てくる、と藤兵衛が話したときには、勘兵衛の目は表の街並みに釘づけになっていた。

ただのお節介ではじめた案内だと思っていたが、それはちがったらしい。

（この御亭主、我がお役目について、どのあたりまで知っているのか……？）

勘兵衛は、そう思いながら藤兵衛の猪首《いくび》に載った表情をうかがったが、藤兵衛は下ぶくれの頰に笑いを刻み、ふわっとした視線をくれてから、

「では、まあ、ごゆるりとおくつろぎください。お食事は、先ほどのおたるが、その都度、この部屋までお運びいたします。ほかにわからぬことがあれば、なんなりとご遠慮なくお尋ねくださいますように」

おたるというのが、下女の名であった。

それにしても、本多出雲守の屋敷を見張るのに、これほど絶好の場所はない。表門にせよ長屋門にせよ、屋敷を出た人物は、すべて眼下の往来に出てくる理屈だ。居候部屋にいながらにして、それを見張ることができる。

だが、部屋を出て行こうとしていた藤兵衛が、ふと振り返り、言った。

「そう、そう。本多さまのお屋敷に中屋敷や下屋敷はございませぬが、大川端に二ヶ所の物揚場《ものあげば》がござってな、薪炭《しんたん》、野菜、雑多な物が舟にて運ばれて、屋敷内に入れられるようになっております」

「ははあ、船着場のようなものでござろうか」

「さようですな」

「河岸の道は、ござるのか」

「ございませんな。近くに小さな中州《なかす》がありはしますが、いきなり、大川でございますよ。まあ、舟の出入りが見える場所といえば、御蔵の八番堀あたり、少少遠いが向こう岸の本所横網町、あるいは両国橋の上からでも見えることは見えましょうがな」

ということになれば、山路亥之助が舟ででかければ、もうお手上げに近い。やはり雲をつかむような話だ、と勘兵衛は思った。

2

しばらくは、熱心に往来を眺めた勘兵衛だったが、そんなことで僥倖《ぎょうこう》に行き当たるはずもない。

ただ長屋門から出てくる侍や、月次《つきなみ》登城などで表門から出る大名行列を見ていると、ある特徴に気づいた。まず着衣の色が、すべて洗柿《あらいがき》（薄い柿色）であることだ。また髷《まげ》の結い方にも、ほかにはない特徴があった。

これを［高砂屋藤兵衛］に尋ねてみると、

――なんでも武芸に励む御家風らしく、風紀に関しても事細かい規定がございますそうで、これに違反いたしますと、家風に合わぬという理由で暇《いとま》が出されるそうでございますよ。世間では〈本多風《ほんだふう》〉と呼んでおります。

とのことで、その掟書きには、

〈家老より中間まで髪の体《てい》、いかり体（髷を大きく見せる）いたすべからず〉

とか、

〈着服は洗柿、夏は渋かたびら（柿渋を引いたかたびら）のほか無用のこと。ただし、帯は黒木綿のこと〉

などと決められているらしい。

ということなら、見分けやすくていいわい、と勘兵衛は思ったが、なかなかそうはいかない。

というのも小間物屋から続く長屋門への道は、職人の出入りが多かった。朝には道具箱を担いだ大工らしいのが、ぞろぞろと列を作って入っていくし、夕刻になると、またぞろぞろと這いだしてきて、しかも服装が雑多である。

こうなると、どれが足軽や中間で、どれが職人やら見分けることすらむずかしい。どうやら屋敷内で、普請がおこなわれていると思われる。

やはり、本多屋敷内の情報を得ることが肝要だ。

方策としては、討手の今枝や高井兵衛らがとったように、本多家の中間、小者あたりを買収する手もあるが、それをするにしても、まずそれなりの繫《つな》ぎを作らねばならない。ほかにも密偵を送り込むなど、あれこれ考えていることがあるにはあったが、それにはまだ時間がかかる。

だが、さすがというべきか、御留守居の松田が出した案には膝を打った。

——すでに上意討ちの命は解かれておる。しかしそのことを、まだ山路亥之助は知らぬからな。おいおいに噂を流し、とにかくそのことを亥之助の耳に入れることじゃの。

なるほど上意討ちが解かれたと知れば、安心して、亥之助が穴蔵から顔を出す道理であった。また、そのことが本多家の耳に入れば、亥之助を〈囲う〉理由もなくなるのである。

――その工作は、こちらでいたそう。なに、いざとなれば、折を見て、江原九郎右衛門のところへ、それなりの挨拶を通せばすむことじゃ。

このとき、勘兵衛は松田と二人きりであったが、亥之助とともに逃亡中だった山路家用人の長谷川八百三郎を、討手の高井が討ったときの苦労話を聞かされている。

――いくら上意討ちとは言うても、江戸には江戸のしきたりがあってな。しかるべき手続きを踏んでのことなら問題はないが、いきなり討ち果たしてしまえば、ただの殺人じゃ。喧嘩両成敗ということにもなって、評定《ひょうじょう》にかけられるおそれもあった。

それを日ごろより誼《よしみ》を通じている町奉行に間に入ってもらい、長谷川を囲っていた旗本の江原九郎右衛門に掛け合って、内内に事件になるのをもみ消した、というのである。

――だからな。万一にも亥之助を討ち取る機会があれば、討って直《ただ》ちに逃げ帰れ。ただし決して身元は知られるな。

――いや、それは……。

それではまるで、暗殺者ではないか。

――しかし、もはや上意討ちではないのだぞ。そのことはわかっておろうな。言われれば、そのとおりなのだが、勘兵衛の気性からして、闇討ちのような真似《まね》はしたくなかった。

――たとえば、私怨による果たし合いなら、どうなりましょうか。

――うむ。それならなんとかなるだろう。ただし、それには証人が必要となる。

――証人、ですか……。

――そうだ。果たし状を突きつけ、日を改めて対決をする。そのときには、立ち会いからなにから、すべて準備はこちらで整えよう。

――その場で、というふうにはまいりませぬか。

――そのときには、二人きりではならぬ。誰でもよい。まず周囲の人に、それが果たし合いであることを明言し、討ったのちは、目撃者の身元を尋ね、のちのちの証人とすれば、なんとかなろう。

いやはや窮屈なものだと勘兵衛は思ったが、なるほど江戸という大都会では、そうでもしなければ収拾がつかないことは理解できる。

喧嘩で人を殺しても、それが果たし合いだという口実で通ってしまうことにもなるわけだった。

そのため勘兵衛は、いつなんどきでも亥之助に渡せるように、〈果たし状〉をしたためて持ち歩く準備だけはしておいた。

さらに松田から、太い釘を刺されている。

――それから、もうひとつだけ、はっきりさせておきたいことがある。おまえの役柄のことだ。

――はい。

――誤解があってはいかぬので言っておくが、おまえは今も御供番であって、若殿の近習ではないということだ。

――ははあ……。

そこが、もうひとつ、勘兵衛には小骨が喉に引っかかったような、なにやら真綿《まわた》にくるまれたような、どうにもすっきりできない点であった。

――ここだけの話、まだ若きゆえ、若殿には危うい一面があらせられてな。かっと血が昇られたらなにをしでかされるか、わかったものではない。そんなことで御家を危うくされては困るのだ。ま、おまえに亥之助を討つという役目を申しつけたことで、若殿もしばらくはおとなしくしておられよう。つまりは、若殿抑制の役も兼ねていると心得てくれ。

――ははあ……

わかったようで、わからぬ話であった。

だが遠まわしにしか言わないが、松田は、直明さまの暴発をおそれているふうである。そして、それは、越前大野藩を危うくする事態にも発展しかねない、と危惧《きぐ》しているようであった。

そのあたりまではわかったが、やはり納得できない点があった。

——なぜ、わたしが、直明さまの近習であっては、ならんのですか。

勘兵衛としては、国家老からもそう言われ、そのつもりで江戸に出てきたのであった。

これに対して、松田は笑って、

——名にし負う無茶の勘兵衛が、若殿の近習であってみろ、この松田、金玉がいくつあっても足りんではないか。

二人して、なにをしでかすか、わからんというのであろうか。

——ま、さっさと亥之助を討ってしまえば一安心。それも闇から闇が上上と心得よ。そのためには、この松田、いくらでも力を貸そう。というて、焦《おせ》る必要はない。たとえ亥之助を討てずとも、それはそれでかまわんのじゃ。

なんだか、禅問答のようなことを言って、

——いいな。かたがた言っておくが、若殿の家来だと思うな。上司はわしと心得ておけ。

と、しつこく念まで押されていた。

とにかく勘兵衛は、一日も早く亥之助を討って、そんな、わけのわからない境遇から抜け出したかった。

そこで本多出雲守家中と思われる人物が往来に出てくると、とりあえずは、その跡をつけることにした。なにかのきっかけを作り、ことばを交わして知己となれば、あるいは情報を得る可能性があるかもしれぬ。

そうして何人かの跡をつけまわしたが、そこで痛感したのが、江戸の土地の不案内である。跡をつけるはいいが、いざ戻る段になると、はたして自分がいる場所がどこなのかわからず、尋ね尋ねしながらでないと戻れない、ということが重なった。

（これじゃ、どうにも話にならぬ）

そこでしばらくは、江戸の地理を身体に覚えさせることに専念して、あっという間に一ヶ月ばかりが過ぎた。

そして気づいたことだが思いがけず、勘兵衛はそんな自由気ままな生活を気に入っていた。

もし藩邸にあれば、門限もあるし、私用の外出だって月に六度しか許されない。なんだか得をしたような気にさえなっていた。

3

夜半に雪があったらしく、目覚めると沿道にも屋根屋根にも、うっすらと雪が積もっていた。江戸の初雪である。

(もう今ごろは……)

故郷は雪に埋もれておろうな。

勘兵衛にとって雪のない冬などというのはかつてなかった体験なのに、こうして雪を目にしてはじめて、そのことに気づかされた。毎日毎日を出歩いて、見るもの聞くものに驚いてばかりいた日日だったからであろう。

(江戸は広い)

それが勘兵衛の偽らざる感想であった。

絵図を懐に、逍遥《しょうよう》する江戸の町町はかぎりがなく、少し郊外にまで足を伸ばせば、町はさらに膨張している気配すらあった。

もちろん、そういった漫歩ばかりではなく、ときには出雲守家中の跡をつけることもある。だが、まだ、とっかかりすらつかめずにいた。細めに開いた障子から忍び込んできた冷気のせいか、それともきのうまで、足が棒になるほど歩いたことに倦《う》んだせいか、

(きょう一日は、のんびりしようか)

勘兵衛は思い、朝食を摂《と》ったあと文机に向かって、父への手紙を書いた。

二ヶ月前に江戸にきて、無事到着の第一信は利三に託している。だからこれが第二信になるが、近況を知らせるにも、現在の役目を具体的に書くわけにもいかず、元気である、と書いたら、もう書くことがない。それをどうにか手紙らしい体裁にととのえるのに苦労した。

そうこうするうちに、

「おられるかのう」

襖の向こうから声がかかった。いつも食事を運んでくれる、おたる、の声だった。

「きょうは、お出かけにはならんのかい」

返事をすると襖を開けて、昼餉の支度をどうするかと尋ねてきた。

「じゃ、お願いしようか」

まだ三十にはなるまい、と思われるおたるは、小柄ながら胸も腰も大きく張った体

型で、まさに樽を思わせる。やや目尻が下がった顔はお世辞にも美形とはほど遠いが、明るく話し好きな女だった。

すでに居候も一ヶ月になるのに、勘兵衛がこの家でことばを交わすのは、おたるだけである。もっとも食事はこの部屋で摂り、朝から夕暮れまで外に出ている勘兵衛だから、それは仕方がない。

「もう、道場はお決まりかい」

「道場？」

「あんれ。剣術の修行にきなさったのだろう」

「ああ、いや。よさそうなところを探してはいるのだが……。どこか、評判の良いところをご存じか」

「いやですよう」

身をくねらせるようにして、わたしが剣術道場なんか知っているわけがない、とおたるが答えた。

「それはそうと……」

ときどきは障子を細めに開けて、下の沿道を眺めていたが、少し気になるものがあった。

「先程来、下の道を幅の狭い肩衣《かたぎぬ》をつけた男たちや、黒い角隠しをかぶった女たちが、たくさん通っていくが、あれはなんであろうの」

ついぞ見馴れぬ光景であった。

「ああ、見なさったかね。あれは……」

おたるは、とたんに、はしゃいだような声になった。

いつもは、一方的にしゃべりかけてくるおたるだが、勘兵衛のほうから尋ねごとをすると、こんなふうに嬉しげな声を出す。

おたるの出身地をうっかり尋ねたときも、葛飾《かつしか》にある小谷野《こやの》村の百姓家の娘で……と、さんざん身の上話を聞かされて往生したものだ。

本多屋敷に多く出入りする職人について尋ねてみたときもそうだった。

おたるによると、松平市正屋敷の北側は長らく空き地であったのだが、今年になって工事がはじまり、この夏に入って引っ越してきたばかりだという。つまりはこの地に屋敷替えがあったが、まだすべては完成していない、ということらしい。

（となれば……）

出入りの大工やら職人に当たりをつけて……と勘兵衛は思ったものだが、よくよく考えれば、無駄な鉄砲となるのは目に見えている。やはり、もっと内情に詳しい本多出雲守家中をつかまえる必要があった。

おたるは、高揚したときのやや甲高《かんだか》い声でしゃべりつづけている。

「東本願寺の法会《ほうえ》にお詣りの、講中《こうぢゅう》の方がたじゃ。報恩講というて、親鸞上人さまの忌日の回向じゃがな。それがきのうからはじまって、おかげで店も大繁盛だよ」

「ああ、ほんこさんか」

「ほんこさん？」

おたるが怪訝《けげん》そうな声を出したが、勘兵衛は、いやいやと手を振った。

故郷の越前大野にも報恩講があって、それを〈ほんこさん〉と呼んでいた。

「報恩講は二十八日まででな、最後は精進《しょうじん》落ちで鯉料理が振る舞われるんじゃと」

「ほう」

まさに、ところ変われば品変わるだな、と勘兵衛が思ったのは、やはり故郷では、親鸞上人の命日である十一月二十八日に、各家で里芋を六角に切ったのを小豆《あずき》煮にしたのや、豆腐と白胡麻を摺《す》った〈おあえ〉や、煮染めなど、〈ほんこさんごっつぉ〉と呼ばれるご馳走が並ぶからであった。

それが江戸では、どういうわけか、肩衣や黒い角隠しで、しかも鯉料理だという。

4

昼食ののち勘兵衛が出かけたのは、おたるとの会話に触発されたためである。といって、報恩講に出かけようというのではない。

近ごろは着流しに羽織だけで出歩いていたが、この日は半袴《はんばかま》もつけ、きっちりと頭も梳《す》いてから勘兵衛は［高砂屋］を出た。

まずは、［高砂屋］から三軒南にある［伊勢屋］に立ち寄った。父への手紙を託するためだ。

［伊勢屋］は、このあたりで草分けの札差《ふださし》だが、勘兵衛と大野藩江戸屋敷双方の繋ぎをとってくれることになっている。たとえば松田から呼び出しがあるときも、書状はいったん［伊勢屋］を経て、［高砂屋］に届けられる段取りだ。

［伊勢屋］に力哉《りきや》という番頭がいて、これがすべてを取り仕切ってくれる。

幸い番頭はいて、勘兵衛は書状を伊波利三に届けてくれるように頼んだ。あとは利三が、江戸と大野を行き来する足軽にでも託してくれるだろう。

さて、それから勘兵衛は浅草橋を渡った。

橋の東は神田川が大川に注ぐ川口で、大小の舟が行き交うのが見える。地上にうっすら雪がかぶっているせいか、舟はどれも、いつもより黒ぐろと見えた。大川には川《かわ》靄《がすみ》がかかっていて、先に見える両国橋も、向こう両国のほうはおぼろである。

浅草橋下流の川口に柳橋が架《か》けられるのは、これよりまだ二十五年ものちのことであるが、すでに吉原通いの猪牙舟《ちょきぶね》は、櫓《ろ》二挺だてで大活躍をしていて、他の舟をずんずん追い抜いていく。

浅草御門を出て右に、柳原土手と呼ばれる高い堤下の道を西にたどった。名と裏腹に、まだ柳の木の一本もない堤である。

土手の向かい側には、ずっと武家地が続く。

だから道こそ広いものの、昼間というのにあまり人通りはない。新《あたら》シ橋、和泉橋と過ぎても、勘兵衛の左側に続くのは、長長とした練《ね》り塀の、大名屋敷や旗本屋敷ばかりであった。

右手に和泉橋を見ながら、わずかに数町進んだあたりで、新道の普請とぽっかり空き地の目立つ一画があって、多くの人足たちで賑わっていた。

火除け地とするために、町ひとつがそっくり召し出され、代地を与えられて引っ越していく。その代地となったところの武家屋敷は、屋敷替えになって引っ越す。そういったことが頻繁におこなわれている時代だから、珍しくもない光景だ。

勘兵衛も江戸の町町を巡って、同じような光景に、何度も行き当たっていた。

ただ勘兵衛は知らぬことだが、実はその一画に、つい先ごろまで、郡山十五万石の本多大内記政勝の屋敷があった。

〈柳原屋敷〉

と呼ばれたその屋敷に、政勝が死に、郡山藩が九万石と六万石に分割されたあとも、六万石当主となった出雲守政利が住んでいた。それが［高砂屋］向かいに屋敷替えしたのである。

やがて勘兵衛は、筋違《すじかい》御門のところを左折した。江戸へはじめて着いたときに通った、日本橋へと至る通りである。

（さて、このあたりと思ったが……）

二つ目の角あたりで立ち止まり、勘兵衛は記憶をまさぐった。

半月ばかり前の昼下がり、雨の日のことであった。

雨脚が激しいので江戸漫歩を見合わせていた勘兵衛が、例によって通りを見下ろしていると、小間物屋のところから一人の武士が出てきた。

そこで勘兵衛は、すぐさま尾行をはじめたのだが、その武士が曲がったのが、このあたりだったと思う。

鍋町のあたりである。北の角に足袋《たび》、股引を商う小店があるが、あの日は雨で傘を差していたせいもあってか、目印となるべき店の記憶が曖昧だった。

だが、その道に入り、

(うむ、やはり、これだ)

両側は町家だが、二町(二〇〇㍍)ほど先で道は武家屋敷らしい土塀に突き当たっている。その様子に覚えがあった。

突き当たりの手前あたりが松田町、勘兵衛が跡をつけた武士が入っていったのが、その一画にある町道場であったのだ。

〈小野派一刀流指南　高山道場〉

と看板に書かれている。

勘兵衛は看板の前で、ひとつ大きく深呼吸をした。

ちょうど同じころ松田与左衛門は若党一人を連れて、愛宕下の江戸屋敷を出た。

向かおうとしているのは、幸橋にある本多中務大輔《なかつかさたいふ》政長の屋敷である。

(いや、いや、わしも耄碌《もうろく》したものじゃ)

与左衛門は、そんなことを思っている。

中務大輔は先の〈九・六騒動〉で九万石分割の裁決が下りたとき、それを請《う》けようとせずに幕閣を困らせた。よほど不服であったのだろう。

それを、のちに老中となる奏者番の阿部正武が、

〈九万石並びに、これまでのお部屋住料三万石をくわえて、十二万石として下しおかれるのだから、けっこうな首尾と考えて御請けなされませ〉

と口説いて、ようやく納得させた。

その中務大輔政長には嫡子がなかったが、

――水戸光圀の弟君、頼元に小次郎という七歳の次男がいるが、これを養子として迎えることになったそうな。

留守居組合の席上で、そんなことを耳にした。つい先日のことだ。

留守居組合というのは、いろいろな形態があるが、たとえば同規模藩の江戸留守居たちが集まり、職務上必要な情報を交換するのが目的の集まりである。

――郡山の騒動は、まだまだ続いておって、割譲された六万石だけでは飽きたらず、出雲守は残る九万石をも狙《ねら》っておるそうでな。そこで中書側では対抗手段として、水戸家と繋がりを持とうというのであろう。もっとも小次郎の曾祖母は本多の出である

から、血の繋がりはあろうがな。

というような憶測も一緒に、松田の耳に届いたのである。

中書は中務大輔の略であった。

そのとき松田がまっさきに思ったのは、

（これは、しまったわい）

ということであった。

気づくのが遅かった、のである。

なるほど、中務大輔と出雲守は長い敵対関係にあって、郡山藩の分割にあたっては、領地とともに、その家臣たちも分割されたのだ。そして家臣の分割にあたっては、必ずしも派閥どおりにはいかず、中務大輔に心を寄せるものが、出雲守の家臣におさまっている、という可能性が強いのである。

ならば――。

出雲守のところへ逃げ込んだ山路亥之助を探すのに、これほどの情報源はないではないか。

（勘兵衛を居候させてまで、苦労させることはなかったのだ）

気づくのに遅れたが、遅すぎた、ということはない。

山路亥之助の一件は、あまり長引かせずに終わらせたい、という本音を松田は持っていた。それは、越前大野藩の嫡子、松平直明の暴発をおそれているからである。

というのも松田は、直明生誕よりこちら、傅役として育《はぐく》んできたから、その性状を誰より知り尽くしていた。

自分が育てたから、直明がかわいい。だが、それは、不出来な子ほどかわいい、という親の情にも通ずるもので、正直、危惧ばかりが先に立つ。

直明の実態は、学問も武芸も好まず、そのくせ血気だけはさかんである。熱しやすく冷めやすく、やや残虐な心も併せ持っていた。

〈亥之助、憎し〉となったら、これを無理に押しとどめれば、なにをしでかすかわからない。それならむしろ、直明から誰かに、〈亥之助を討て〉と命じさせたほうが安全だった。

そのことで気がすんで、けろりと忘れ去ってしまう可能性だってあるのだ。

嫡子の暴発が原因で、取りつぶしになった藩は、たくさんある。肥後熊本藩の加藤家もそうだった。熊本藩主忠広の行動も、日ごろ幕閣に〈諸事不作法〉と映っていたため、五十二万石を一万石に減じられて配流となっている。

これを他山《たざん》の石とせねばならぬ、と松田は思っていた。

実のところ、藩主の直良も幕閣の評判はいまひとつである。跡目を継がせると約束して婿養子に迎えた松平近栄《ちかよし》を排し、実子直明を嫡子にしたことが影響しているのだ。そのため松田は大老の酒井忠清に接近し、その係累である仙姫を直明に迎えることに成功した。すべては藩を潰されぬための努力のあとである。

それが江戸留守居の役目であった。

(落合勘兵衛には悪いが……)

今しばらくは、直明君暴発の抑《おさ》え、になっていてもらわねばならぬのだ。

ともあれ松田はさっそくに、中務大輔政長の留守居役宛てに、ぜひとも面談のうえでご相談したいことがある、との書状を送った。

その返事が、きのうきた。

八ツ(午後二時)ごろにご来駕賜わりたい、という丁重な文面であった。

5

松田町の高山道場に入って勘兵衛が訪《おとな》いを入れると、稽古着姿ではあるが、髭面の浪人らしいのが出てきた。稽古着に黒胴をつけ、きりりと白鉢巻をしているから、稽古の最中であったのだろう。

勘兵衛が入門したい旨を伝えたら、

「ほう」

ひとこと言って、上から下まで値踏みするように眺める。

「道場主は、出稽古にいって留守なんじゃが……」

少し首をひねって、

「誰か、ご紹介の方がおられるのか」

「いえ。たまたま通りがかりに、ここに道場があるのを知りまして。拙者は剣術修行のために、最近江戸に出てきました落合勘兵衛と申します」

「ほう。剣術修行か。見ればまだ若そうだが、これまで何流を学ばれたのかの」

「夕雲流を少し。まだまだ未熟者でございます」

「ふむ。他流の者か」

「他流では、いけませぬか」

「いや、いかんということはあるまいよ。だが、わしが決められることではない。そうよの、間もなく先生も戻ってこられるころじゃ。中で待たれるかな」

「よろしくお願いします」

ということになって、道場に通された。

道場では在府の子弟らしい少年たちが、五人ばかり稽古をつけてもらっている。いやにさびしい道場ではあった。

少年たちに稽古をつけていた男に、髭面がなにかささやき、浪人と交代して、男がやってきた。三十半ばで、頑丈な体軀であった。

「当道場の師範代で、政岡進と申す」

声も太い。

「落合勘兵衛と申します」

「入門をお望みとか」

「はい。できますれば」

「剣術修行で江戸に来られたということは、よほど腕に自信があるんだろうの」

「いえ、とんでもない。私は小禄の部屋住《へやずみ》で、せめて剣の腕でも上げておかねば養子先にも事欠きますゆえ、思いきって江戸に出てきたのです」

居候先にも使った、かねて用意の口上を述べた。

「夕雲流なら、江戸にも道場はあるが、なにゆえ小野派一刀流を選ばれた？」

「どうせ学ぶのならば、これまでとはちがう流派をと思いましたが」

「なるほど。しかし、ここの稽古は厳しいぞ」

「覚悟はしております」

「そうか。まずはどの程度の腕か見てみんことには話にならんが、あいにくきょうは門人が……」

政岡は、ちらりと髭面の浪人を見てから、

「それより、おぬし、稽古着は持参しておらぬのか」

「はあ、いや、きょうは入門のお許しだけをいただこうと思いましたゆえ。しかし、手御指南をいただけるのなら、このままにてもよろしゅうござるが」

「ほう」

政岡はにやりと笑い、髭面の浪人に、

「おーい、横田」

と呼び寄せた。件《くだん》の浪人は、横田というらしい。

「ま、入門試験のようなものだ。おぬし、立ち会ってやれ」

ということになった。

型くらいは見せることになるか、と思っていたが、まさかいきなり試合になるとは思っていなかった勘兵衛だが、

(ま、仕方あるまい)

小野派一刀流が、どのような剣法であるかは、故郷の村松道場との交流試合で見知っているし、実際に試合をしたこともある。

懸念といえば、ここ二ヶ月以上も稽古をしていないことだ。それに江戸で自分の剣術が、どれほど通用するのかも不明だった。

羽織を脱ぎ、借りた鉢巻を結んで袴の股立《ももだ》ちをとる。

竹刀ではなく、木刀を渡されたことで、少しばかり緊張した。横田と呼ばれた浪人が、どのくらいの腕なのかわからぬが、得意の面への一本は避けたほうが良かろうか

――と考えるくらいの余裕はあった。

四間の間合いを置いて互いに一礼し、

「いざ」

勘兵衛が青眼に構えると、横田のほうは平青眼《ひらせいがん》に構えた。

政岡は、道場正面の一段高いところにある〈見所《けんぞ》〉に座り、門弟の少年たちは脇に固まって、固唾《かたず》を呑んで見物している。

勘兵衛は、一気に間合いを詰めた。対して横田は、滑るように後退した。

(これは……)

その足さばきは、なかなかのものと思えたが、脇の甘さが目立ちすぎる。腕の差は歴然としているように思えた。

（どうしたものか……）

勘兵衛は足を止め、横田に怪我をさせぬには、どうすればよいかと考えはじめた。そのため、互いに青眼に構えたまま試合は膠着《こうちゃく》した。

（木刀をたたき落とすか、胴をとるしかないな）

立派な胴をつけているから、打たれても怪我はすまい。

再び勘兵衛が踏み込もうとした、そのとき――。

「それまで！」

凛《りん》とした声が道場に響いた。

声の方向が〈見所〉の政岡とは別の方からだったので、木刀を下ろし一礼してから、勘兵衛はそちらを確かめた。横田は、肩で大きく息をついた。

道場を斜めに突っ切ってくるのは、いましがた外出先から戻ってきた、という感じの総髪、四十がらみの大柄な男である。身体つきだけではなく、目、鼻、口と、すべてが大造りにできている。

道場主だな、と勘兵衛は思った。

はたして――

「中断させて失礼をいたした。腕の差は歴然、とても横田の及ぶところではなかったのでな。高山八郎兵衛と申す」

やはり道場主であった。

「落合勘兵衛でございます」

互いに青眼に構えあっているだけのところを一目見て、勝負の行き先を見届ける眼力は、並大抵の武芸者ではない、と勘兵衛は直感した。

もちろん、勘兵衛は、即座に入門を許可された。以後、この道場で長く研鑽を積むことになる。

尾行者

1

師走も半ばを過ぎたころ、普段でさえ人通りの多い蔵前への往来が、ますます賑わいを増して注連《しめ》飾りだの、羽子板だのを抱えたひとが行き来する。

おたるに尋ねてみると、

「浅草寺《せんそうじ》の歳の市がはじまったんだよ」

ということらしい。

相変わらずおたるは話し好きで、師走の十四、十五日が深川八幡宮の歳の市、十七、十八日が浅草観音で……と、ひとしきり江戸案内をしたあとは、勘三郎芝居に市川團十郎というのが出て、顔に隈取《くまどり》、全身を赤く塗って坂田金時を演じる荒事《あらごと》が大評判だ、というようなことを言った。

そういえばきのうは、この八月に、堺町の見せ物小屋で、〈ベラボウ〉と呼ばれる全身が真っ黒な異人の見せ物があって、それはおそろしかったなどと言っていた。

おたるの話題は、たいして役に立たぬようでいて、実のところ重宝している。

松田町の高山道場に通いはじめて、早一ヶ月が過ぎたが、おかげで世間話のネタには困らない。おいおいわかってきたこともあった。

まずは、高山道場を知るきっかけとなった、勘兵衛が尾行した本多出雲守の家中は、別所小十郎といって、ときどき道場に顔を見せる。年齢は三十になったか、ならぬかといったところだ。

剣の腕は勘兵衛よりかなり劣るが、外連味《けれんみ》のない性格で、話しかけると率直に返事を返す。

それによると、屋敷が柳原にあったころは場所が近いこともあって、この高山道場に通う大和郡山藩士は、十名以上もいた。ところが藩が分裂し屋敷替えもあったため、今では〈自分一人になってしまった〉そうだ。

もっとも幸橋のほうに屋敷替えした、もう一方の本多中務大輔政長の屋敷のほうには、道場主の高山八郎兵衛が出稽古に出るようになったと言う。

（逆ならよかったのに……）

と思うのは勘兵衛の勝手で、もし道場主が本多出雲守の屋敷に出稽古に行っていたなら、そちらからも亥之助の情報を得られるかもしれぬ、と考えたからだ。

いっそ別所小十郎に、亥之助のことを尋ねてみようか、と何度も思ったが、

（急《せ》いては事をし損じる）

その都度、勘兵衛は自らを戒めた。

かわりに――。

――江戸詰の御家中は、どのくらいの数おられるので？

――又者《またもの》たちも入れれば、ざっと五、六百、というところだが。

答えてはくれたが、別所は少し不審顔になった。

――ははあ、かなりな数でござるな。

感心したふりをすると、

――もしかして、仕官をお望みか。

――いや、めっそうもござらぬ。

別所が勘違いしてくれたので、勘兵衛はほっとした。まだ、疑いを持たれたくはない。

（それにしても……）

本多出雲は六万石で、我が大野藩は五万石――。

藩邸に居住する者が五百人ほどというのは、大きな差はない。しかしながら、向こうの屋敷が一万と五百坪、片や愛宕下の我がほうは二千四百坪、実に四倍もの広さである。

（やはり、水戸光圀と下馬将軍の御威光か）

としか思えない。

勘兵衛は不愉快になった。

すでに勘兵衛の心の裡《うち》では、嫡庶《ちゃくしょ》の順を侵《おか》して家督を簒奪した本多出雲のほうが悪で、本多中務大輔のほうが善、という認識ができあがってしまっている。その悪が、憎い山路亥之助を囲っていると知って、さらに敵意は増してくるのであった。

だからといって、別所も憎いかといわれれば、そんなことはない。勘兵衛には、むしろ好人物に思える。

いずれにしても、屋敷に五、六百人もいれば、別所が亥之助のことを知っているかどうか、少し首をかしげるところだ。

だが、知っている可能性はある。

（もう少し時間をかけて……）

もっと親しくなるまで待とう、と勘兵衛は思った。

しかし、こちらは十八の若造で、別所は三十そこそこ。友だちづきあいということはむずかしそうだし、どうやれば親しくなれるかの妙案は、まだない。

2

翌日、寒風が肌を刺して吹きすぎるなか、勘兵衛は浅草寺で開かれているという歳の市を覗いてみることにした。数日来、気になっていることがある。

高砂屋を出て勘兵衛は、ぶらぶら街道を北にたどった。すぐの大円寺では十王堂の普請中で、大工たちが忙しく出入りしている。

天王橋（鳥越橋《とりごえ》）で鳥越川を渡ったところが御蔵前で、沿道は米商相手の茶屋や休息所が蝟集《いしゅう》する。右手の御米倉は敷地がおよそ二万八千坪、六十七棟三百五十四戸の蔵群よりなっているそうだ。それから旅籠《はたご》町、道の両側にずらりと旅籠が並ぶ。

いずこも、日ごろより賑わいに満ちた町町である。

（やはり、きておるな）

後ろを振り返りもせず、勘兵衛は気配だけで、それを悟った。尾行してくる者がいる。

そうと気づいたのは、四日ほど前だ。危害を加えようという気配がないので、放っておくことにしたのだが、一昨日も、昨日も、ふと気づくと跡をつけてきている。

ちらりと見たかぎりでは、洗柿の羽織、袴、となると明らかに本多家中であろう。顔まではっきりと見なかったが、もう六十に近い印象があった。

（いったい、何者か）

自分だって、本多家中を尾行しておきながら、自分がやられると、あまり気持ちがいいものではないし、それに、どうにもうっとうしい。

（そろそろ決着をつけておこうか）

そんな気持ちになっていた。

それには、人混みがよかろう、と思い立って、勘兵衛は歳の市に出かけることに決めたのである。人混みに韜晦《とうかい》して虚をつく策だ。

左に諏訪神社を見ながらしばらく行くと右手に大川河岸に出る道があり、土地の人が「コマンドー」と呼ぶ駒形堂がある。小ぶりなお堂であるが、今の勘兵衛には、多少の感慨があった。

吉原の高尾太夫が仙台藩主だった伊達綱宗《だてつなむね》を偲《しの》んで
〈君は今　駒形あたり　ほととぎす〉

と詠《よ》んだ、と伝えられているが、吉原通いを理由に、その綱宗がわずか二十一歳で隠居を命じられたのが十四年前、これが端緒となって伊達騒動が起こっている。

そしてそこにも仙台藩六十二万石を簒奪しようとした綱宗の伯父、伊達兵部《ひょうぶ》と下馬将軍の密約、というのがさかんに噂された。

だが、この簒奪計画は結局失敗に終わり、首謀者の伊達兵部が改易のうえ土佐に流されたのが、二年前のことなのであった。

そんなこんなを考えると勘兵衛には、

(酒井忠清というは、まったくもって腹黒いやつぞ)

ということになるのだが、その腹黒いやつの口添えで、直明さまが妻女をめとっているのも事実だ。

留守居の松田が、慎重に、慎重にというのも理解ができた。

もうこのあたりから、通りの賑わいが甚《はなは》だしくなって、人の列は材木町あたりから自然に左折して浅草の広小路に入っていく。

右の風神、左の雷神をゆっくり眺める間もなく風雷神門をくぐると、人混みと一緒に真っ直ぐ境内を進んだ。さらに門の両側に仁王像のあるため仁王門とも呼ばれる宝蔵門をくぐると、いよいよ本堂の観音堂であった。

いや、それにしてもひどい人出である。

境内で、普段から営業を許されている茶屋（これが仲見世のはじまり）以外に、葦《よし》簀《ず》張りの仮店が、もうこれでもかというくらいに造られていて、それぞれ［鶴亀屋］だの［万歳屋］だの［宝来屋］だのと、めでたい名がつけられ、正月飾りやら、鯛、海老、昆布などの海産物、玩具もあれば、台所用品にいたるまで、実にさまざまなものが売られていた。

さらにちょっとした空きを競《きそ》うばかりに、植木屋や飲食の屋台が出ていて、そんなわずかな隙間を縫うように、冷たい風のなかを人、人、人が蟻のように進む。

（こりゃ、よわったな）

これでは、人混みに韜晦して虚をつく――などといっている場合ではない。

身動きさえ自由にならないような混雑であった。

そこで人混みをかき分け人の流れを脱し、欄干のある観音堂縁側の下あたりへ避難することにした。

その欄干下には、真新しい手桶《ておけ》が山のように積まれている。元日の朝、これで若水を汲《く》んで新年を迎えるためのものらしく、ちゃっかり欄干下を手桶屋が物置がわりにしているのだと知れた。

避難してきた勘兵衛を、泥棒とでも思ったか、見張りの小僧が睨《にら》みつけてきて、思わず苦笑した。

そしてふと見ると、目の前を、洗柿羽織で半白髪の武士が、やはり泳ぐようにして、こちらへ向かってくる。勘兵衛を尾行してきた人物にちがいない。

還暦ごろと思われるその男と視線が合った。すると男は、はからずも勘兵衛に向けて、にんまりと笑ったものだ。人のよさそうな笑顔である。

「いや、まいった。ものすごい人出ですな」

「いかにも」

勘兵衛も、自然に返事をした。男は、さらにことばをかけてきた。

「話には聞いておったが、これほどの人出とは知らなんだ。これでは観音様にお詣りするのも骨というものです」

「いかにも」

短く返してから、ずばりと切り込むことにした。

「ところで先日来、拙者の跡をつけるのは、なにか魂胆あってのことでしょうか」

「や……」

半白髪の男は目を瞠《みは》ると、

「お気づきでござったか」

「たしか、四日前の、柳原土手下あたりからと存ずるが」

「さすがでござる。さようか。お気づきでござったか」

いかにも感心したように、それも嬉しそうに言う。

「………」

「いや。失礼をいたした落合どの」

「………?」

「拙者は、日高信義《ひだかのぶよし》と申す者。以後、お見知りおきいただきたい」

「本多家ご奉公のお方か」

日高と名乗った男は、左手で洗柿の羽織の襟をつかんで小さくうなずき、

「というても、又者《またもの》でござる」

本多家の家来の家来だというのである。

「大和郡山藩、本多中務大輔政長の家老で都筑惣左衛門という者がおりますが、拙者は、その用人でござってな」

「え、出雲守政利ではなく、政長さまのほうでござるか」

本多は本多でも、ちがう本多のほうらしい。

「さよう。幸橋のほうでござるよ」

「して、なぜ、あなたさまが、拙者の跡を……」

わけがわからなかった。第一、なぜ自分のことを知っているのか。

「いや、これはご無礼を。噂をすでに集めてはおりましたが、実際に、どれほどの人物なのか……いや、あまりにお若かったものでな。ちょっと、この目で確かめてみたくなっただけで……、いや、まことにご無礼なことを。申し訳ござらぬ」

頭を下げてくる。

しかし……。

噂を集めた？

なぜ？

「越前大野では、無茶の勘兵衛と呼ばれて、ご幼少のころより名高き方とお聞きしております。さらに剣のほうも、なかなかのものと、はあ」

さらには頭ひとつ小柄な日高が、その首を伸ばして、勘兵衛の耳元に囁くように言った。

「山路亥之助のことも」

　これにはさすがの勘兵衛も驚いた。

我が家中にも知られてはならない、密命のはずだった。

一瞬、勘兵衛は、目の前の日高と名乗る男が、なにか罠を仕掛けてきたかと疑った。

集めた噂というのも、当の亥之助なら知っていることばかりだったからである。

　そんな勘兵衛の疑いを読んだらしく、日高が言った。

「もう、ひと月ばかり前のことでござるが、貴藩江戸御留守居の松田さまが、幸橋の屋敷に来られましてな」

「なに、松田さまが、でござるか」

「さよう。いや、ご心配めさるな。なんなら松田さまに、お問い合わせあれば知れること、決してほかには漏らしませぬ。松田さまは、ひそかに合力《ごうりき》を頼んでこられたのじゃ。委細は承知してござる」

　思いがけないことを言った。

（あの、狸親父……）

　それならそうと、ひとこと知らせてくれればいいものを、と思ったが、考えてみれば、これは思わぬ助け船だということに勘兵衛は気づいた。

「事情はわかり申した。よろしくお願い申す」

　ここは、あっさり頭を下げることにした。

「いや、こちらこそ。実は拙者のほうも、いつ声をかけるべきかと思いあぐんでおりましたゆえ、こういうことになって、いや、重畳《ちょうじょう》、重畳」

　にこにこ顔になった。

「はあ」

　どうも妙な具合である。

「それでさっそくながら、貴殿に引き合わせたい人がおるのだが」

　笑顔を消して、声をひそめた。

3

　翌日の夕刻になるのを待って、勘兵衛は［高砂屋］を出た。

　浅草橋を渡り、まっすぐに［初音《はつね》の馬場］がある馬喰町を進むころ、冬の短い陽が西へ大きく傾き、高だかと空につき上がった馬場の火の見櫓が、影絵のように見える。

　やがて小伝馬町に入り、最初の角を左折した。大門通りである。かつて吉原があったあたりで、通りの名だけが名残《なごり》を伝えていた。

（［大丸屋］という、綿繰《わたく》り問屋があると教えられたが……）

ほどなく通旅籠町《とおりはたごちょう》との角に、［大丸屋］はあった。

さらにその先、田所町の角を曲がったところに［和田平］という店があるそうで、暮れ六ツ（午後六時）ごろに、そこで落ち合おうと日高に言われていた。なんの店だかは聞いていない。

すぐに見つかった。

小ぶりな構えながら、〈平〉の文字を白抜きにした紺の長暖簾が下がった奥は、玄関まで石畳が続く。

植え込みのところどころに配された灯りが足元を照らすなか、勘兵衛は足を進めた。

なにやら、秘密めかした感じがする。

もっとも、

（このようなところに……）

足を踏み入れるのは、はじめてなのだ。

というより、この店がいったいなにを商っているのか見当がつかない。勘兵衛は首をかしげた。

さて玄関に入ると、やや年増だが、きれいな顔だちの女が待っていて、

「丸さまで、おまっしゃろか」

と聞いてきた。上方《かみがた》なまりで柔らかな口調だ。

〈丸〉とは、日高が勘兵衛につけた呼び名で、

――用心に越したことは、ございませんからな。

ということであった。

勘兵衛としては、まるで犬猫にでもつけるような名で、諒《りょう》とはしがたかったのであるが、

――拙者のことは、〈三角〉ということにしておきましょう。

と笑いながら言う。なんとも人を食ったような老人であった。

勘兵衛がうなずくと女は、優雅な仕草で頭を下げ、

「当店の主で、小夜《さよ》と申します。すでに三角さまは、せんにお着きでございまっせ」

まるで男たちの稚気《ちき》を冷やかすように言って、

「お刀を、お預かりさせてもらいまひょ」

「刀をですか」

「はい。長いほうのだけで、よろしゅうございます。大事にお刀部屋のほうでお預か

りさせてもらいますよってに。それがこういうとこの、しきたりなんでっせ」

なるほど、そういうものかと思ったが、それより以前に女主の言う〈こういうところ〉というのがわからない。

そこで率直に尋ねた。

「ところで、ここは、どういった店ですか」

「あら」

小夜と名乗った女は、怜悧そうに黒ぐろと瞠《みは》った目をさらに開き、

「なにも知らずに、おいでにならはったんでっか」

と笑った。

「まだ、このお江戸では珍しゅうございますが、京・大坂では料理茶屋というんがございまして、はい、この店は酒食を商うところとお覚えください」

（ははあ、そういうものがあったのか）

勘兵衛は感心した。

というのも、このころ江戸に、飲食店というのはほとんどない。あるといえば、蕎麦に、うどんに茶漬けくらいなものであろう
愛宕山とか浅草寺の境内、あるいは両国といったような繁華な場所に、諸国の名物

料理を出す茶屋や煮売り屋があるくらいで、まことに不便なものであった。それ以外には行商の煮売り屋があって、出稼ぎ人たちに重宝がられている。

上方人たちは、そんな江戸を〈未開の地〉と呼んでいるそうな。

徳川家康がはじめて江戸に入ったとき、日本橋の南から高輪の北あたりまでは、まだ海であったという。

そのときより八十年と少ししかたっていない新興地だから、無理もない。

これもおたるから教えられたのだが、昔は、蕎麦もうどんも菓子屋で売っていた、そうである。

それが十年ほど前に、一杯盛り切り六文の蕎麦切店ができて、大いに賑わった。あまりの忙しさに、〈つっけんどん〉で愛想がない。それで〈けんどん蕎麦切〉と呼ばれるようになった。

ついには、出前で蕎麦を運ぶ箱が〈けんどん箱〉と呼ばれ、〈けんどんうどん〉や〈けんどん酒〉〈けんどん女郎〉などの新語も登場した。

そのころの蕎麦というのは蒸し蕎麦で、熱湯で湯がくと切れ切れになってしまう。そこで二割のうどん粉でつないだ〈二八蕎麦〉というのが登場して、ずいぶん即席でできるようになった。これも一杯六文である。

さらに今年の初め、浅草に［正直蕎麦］という居店《いみせ》ができて、大評判になっているという。というのは、ここでは酒も出し、浅草海苔のあぶったのとか、蕎麦以外にも工夫があるという。

で、勘兵衛もさっそく出かけてみたのであるが、見ていると、入っていくのは振り売りや職人たちばかりで、武士など一人もいない。それであきらめてしまった。

（やはり、武の都のせいか）

武家の子は幼いころから、買い食いを厳に戒められている。といって、これはやはり不便であった。外出時に欠かせぬのは、まずは弁当であったからだ。

こののち江戸の町は、ある上方人の本で〈一町内に半分余は食物屋なり〉となってしまうのであるが、この［和田平］は、まさにそのはしりであった。

それはさておき、勘兵衛が大刀を出すと、それを小夜が両の袂《たもと》で受けとり、傍《かたわ》らの仲居らしいのに同じように受けとらせて、

「では、ご案内を」

勘兵衛を二階の座敷に案内した。

「お見えでございますよ。三角さま」

女主人が、笑いをかみ殺したように声をかけると、襖の向こうから返事があった。

座敷には、二人の男がいた。

（やや！）

声にこそ出さなかったが、そこに思いがけない顔を見いだして、勘兵衛は瞠目した。

思いがけぬ人物とは、別所小十郎であった。

別所は勘兵衛が尾行し、高山道場に入門するきっかけを作った人物である。

（なぜ、別所がここに……）

その別所がなんだか、はにかんだように笑っており、日高老人もまた、にやにやと笑っている。

「ま、ま、お座りあれ。丸どの」

座敷にのべられた座布団をさした。二人の向かい側である。

勘兵衛にも察するところがあり、

「遅くなり申した。失礼つかまつる」

綽然《しゃくぜん》と席に着いた。

「この店は、拙者が昵懇《じっこん》の店での。ま、これほどまでに用心をする必要は、ないのだが……」

言って日高は、

「これ小夜、いや女将《おかみ》。さっそくに料理をな。それから酒を頼むぞ」

「はいはい。さっそくに」

女将が消えると、

「ここにこの男がおって、さぞや驚かれたであろうな」

日高が別所をさして、また、いたずらっぽそうに笑う。

「はい。それは……」

言うと別所のほうも、

「いや、こちらの……、その……、三角どのよりお聞きしたときは、拙者もまた驚いてござる。まさか、ええと、丸どのが拙者に近づこうと高山道場に入門されたなどとは、まことにもって、考えもしなかったことでございましたからな」

勘兵衛のことを知って、そうと判断したらしい。

「いや、ご無礼を」

軽く頭を下げて勘兵衛は、

「で、あなたさまは……どういうふうにお呼びしたら、よろしいのでしょうか」

変な呼び名を決めたために、会話は少少ぎこちなくなっているが、元は同じ郡山の本多家でありながら、今は出雲守と中務大輔とに分かたれている二人が、このように過剰とも思える用心をしているところを見ると、それなりのわけが、あるのであろう。

「我らが丸と三角ゆえ、そうよの、〈四角〉ということにでもしておくか」

日高老人が言うと、

「四角でも六角でも、けっこうでござる」

別所が澄まして答える。

「では、〈四角〉ということにしておこうかの。丸どの。改めてご紹介申す。こちらの四角どのは、さる藩の御書物役でござってな」

勘兵衛はうなずき、気づいたことを言った。

「お二人とも、きょうは、いつもと服装がちがいますようで」

「おう。お気づきか。さすがじゃな」

きょうは洗柿ではなく、日高が紺、別所のほうは渋茶の紬《つむぎ》と黒羽織であった。

「あれではまるで、看板を背負って歩くようなものじゃからな」

やはり、かなり用心を重ねているようだ。

勘兵衛には、それが単に亥之助のことだけではなく、もっと深い事情がありそうに思える。

4

やがて女主人自らの手で、酒が運ばれ料理膳が運ばれてきた。

このころこの国に、卓を囲んで食事をするという風習はない。それぞれの手前膳《てまえぜん》になっている。

「手酌でやりましょう」

日高老人が言って、銚釐《ちろり》から盃に満たした酒を、目を細めながら口に運んだ。

「まずは、甘鯛片身の昆布巻きと、あんかけ鮑《あわび》の花鰹《はなかつお》かけでございますよ」

勘兵衛のほうは、小夜が説明しながら置いていった膳料理を一口食い、

「うむ、うまい!」

それは、幸せな気分になるほどの美味であった。

立て続けに盃を傾けていた、四角こと別所が口を開いた。

「まず、山路亥之助とかいう男のことをお聞かせ願いたい。なんでも、手前の屋敷に駕籠にて、と聞いておるが、それにまちがいはござらぬのか」

「はい。そのように聞いています。時期は、この九月の半ば過ぎ……」

「いや、三角どののからそのことを聞いてより、それとなく調べてはみたのだ。で、門番が覚えてはおったが、顔までは見ておらんそうだ。どのような人相でござろうか」

「背の丈は、およそ五尺半（一六五㌢）で、やや細身。頬骨が高く、目は切れ長で冷とうござる。ほかに特徴はというと……」

これといって思いつかない。平平凡凡の顔だちであった。

「左の頬に、ざっくりと、こう、傷はござらぬか」

別所の左人差し指が、自分の頬を斜めに動いた。

「頬に、傷でござるか」

そんなものは、なかった。

「あれは、おそらく刀傷で、あまり古い傷跡ではござらぬようだが」

（あっ！）

思い当たることがあった。

これは利三から聞いた話だが、持穴村の闘争で、亥之助は手傷を負っていたらしい。

それが頬の傷ではないのか。

勘兵衛が、そのことを言うと、

「ふうむ……」

別所は盃をぐいとあけ、銚釐に手を伸ばしかけた右手を手刀に変えて、

「こちらのほうは、どうでござるな」

額のところから、まっすぐ振り下ろす。

「ああ、強うございます。小野派一刀流で……」

「そうか。では、やはり、あやつかな」

「お心当たりがござるか」

勘兵衛は、膝を乗り出した。

「まず、間違いないと思うが……、だが、名は山路亥之助ではござらん。熊鷲《くまわし》三太夫と名乗っておる」

と……。

いきなり日高老人が、口からぶっと酒を噴《ふ》き出させた。

「いや、すまぬ、すまぬ。大事はないか。汚れはしなかったかな」

大あわてで、手拭いを出した。それからコホンとしわぶいてから、

「別所氏《うじ》……いや、四角どの。なんだ、その男、熊鷲三太夫と名乗っておるのか」

「それがなにか」

「うん。ああ、四角どのはまだ若いゆえに、知らぬだろうがの、ずっと昔、我が藩お

抱えの相撲取りで、熊鷲六太夫という者がおったのじゃよ」

「なんと……」

三角と四角が、丸をほったらかしにしゃべりはじめた。

「ふざけた話じゃ。でな……、その相撲取りの倅が、今の深津内蔵助《くらのすけ》なのじゃよ」

「まことで、ございますか」

「そうよ。伊織という名であったが、先の政勝が、これをかわいがられて児小姓《こ》に召し出されてな。あげくに家老の深津杢之助《もくのすけ》に伊織を養子にとれと迫ったが、これは断わられおった。それでは苗字だけを与えよと命じて、深津伊織となり、家老の列にくわえて、今の深津内蔵助となったのじゃ」

「それは知りませなんだ。なるほど、それで熊鷲三太夫でござるか」

別所は、感心したとも、あきれたともつかぬ顔になったが、勘兵衛には半分わかったようで、半分は理解できぬ話であった。

「では、まさに、その熊鷲三太夫という者、偽名に相違ござらぬ。実はな、そやつは、つい先だって、江戸家老の深津内蔵助に新規に召し抱えられた人物でしてな」

「え、江戸家老にでございますか」

なんと、本多出雲の屋敷に囲われていると思っていた山路亥之助は、そこの江戸家老に仕官して、名まで変えたというのか。

「さよう。新しい名は、深津内蔵助が与えたのであろう。又家来のこととて、書物役の拙者にも、子細はわからぬ。ただ、この男、家老の居屋敷から、ほとんど出ることもなく、めったに顔を見せん。拙者がたまたま見知ったのも、屋敷内の道場にて、見慣れぬ顔に気づいたからだ」

「で、その男、まったく外には出かけぬ様子ですか」

「そこまでは、まだわからん。これからは気をつけて、それとなく動向を窺うとしよう」

「ありがたいことです。どうか、よろしくお願いします」

思いがけぬ協力者の出現に、勘兵衛は喜んだ。

（これも、松田さまのおかげだ……）

「うん。なにかわかり次第、その都度、お知らせいたすつもりでござる」

再び、襖向こうから女将の声がかかり、二の膳と酒が運び込まれた。

いちいち料理の説明をし、出ていこうとする女将を呼び止め、日高が念を押す。

「二階には、我らだけじゃな」

「はい。それはもう。二階は満席ということにして、お客は一階だけにとどめてございますよってに。三角はん」

「おう、そうか、そうか。それなら安心」

(この二人、ただならぬ仲ではないか)

まだ人生の機微を知らない勘兵衛にも、そんなことが感じられた。

「ところでの」

女将が出ていくと、にわかに日高老人は真顔になった。

「貴殿がお探しの人物については、まこと一筋に協力をさせていただく。かわりといってはなんだが、貴殿を見込んでお願いしたいことがござる」

「それは、もう、わたしのようなものでお役に立ちますれば、いかようにも」

「それはかたじけない。ところで、我らが騒動については、ご存じであられるか」

「噂程度には」

「さようでござろう。いや、なかなかに複雑でござってな。ご迷惑は承知のうえじゃが、少しく内情をご説明せねばならん。でないと、我らの頼みごとをご理解してもらえぬかもしれんでな」

「わかり申した。拝聴いたす」

「いや、いや、もっと平らかに。料理など召し上がりながら、聞いてくだされぱよい」

（奇妙なことになってきたぞ）

そんなことを思いながら、なぜか勘兵衛の血は騒ぎつつあった。

5

日高老人の話は、中務大輔政長の父である本多政朝卒去のときから繙《ひもと》かれた。

寛永十五年（一六三八）というから、三十六年も昔の話だ。

それ以前に、やや複雑な絡みがある。

政朝には忠刻《ただとき》という兄がいて、これが姫路藩十五万石を襲封した。さらに家康の孫娘である千姫を娶《めと》り、部屋地十万石と合わせて二十五万石で、将軍家御一門の列に加えられる。

他方、忠刻や政朝には、竜野藩五万石の城主で忠朝《ただとも》という叔父がいたが、これが大坂の陣で討ち死にする。その遺児の政勝は、まだ二歳であった。そこで政朝が、この庶流を相続することになった。

ところが忠刻が、父の忠政より先に夭折してしまい、その忠政もまた死んだ。そこで政朝は庶流五万石のうち四万石を本来の政勝に、一万石は実弟の忠義に分知して、姫路十五万石を相続した。

こうして〈播磨本多〉は一応の安定を迎えたかに見えたが、わずかに七年ほどで政朝は重い病に倒れる。

「そのとき政朝さまには二人の男児がおられたが、兄君の勘右衛門さまは六歳、弟君の七幡《ななはた》次郎さまが五歳じゃ。そこで政朝さまは我が主ともう一人の家老、日高右衛門《えもん》兵衛《ひょうえ》を枕元に呼ばれてな……」

日高老人が我が主というのは、本多中務大輔家家老の都筑惣左衛門のことであるが、もう一人の家老というのは日高と同姓である。あるいは係累かと思われたが、勘兵衛は黙って先を聞くことにした。

「死期を悟られた政朝さまが気懸かりは、ご子息の行く末――、本多家には始祖の平八郎忠勝さま以来、馬の乗り降りが自在でないものは領主になれぬ、という掟がござってな。そこでご子息が成長のうえは家督を戻すという約束で、竜野《たつの》城主の政勝を跡目にと幕府に願い出よ。家中一統は、このおもむきをよく心得、これに背《そむ》くことなきように、とのおことばでござった」

この願いは、さっそくに早駆けにて江戸へ届けられる。そして政朝が死ぬ。

こうして翌年、政勝に政朝の家督十五万石を下し、和州郡山に所替えが命じられた。

このとき、これまでの政勝の領地四万石も和州内に替地を下されたので、政勝は本家を相続して、たちまち十九万石の領主となる。そのとき二十六歳。

「ところが、だんだんに政勝の野望があらわになってきた。政勝には、勝行、政利、政貞と三人の男児がおったが、やがて総領の勝行が病死すると、次男の政利が嫡子となって三ノ丸に入った」

酒をぐびりとあおった日高老人の顔が赤い。酔いのせいか、怒りのせいかわからぬほど、激した声に変わっている。

「勘右衛門さまは、政利より八つも年長で、もう十分に成長してござった。なのにご兄弟とも、元服の沙汰もなく、ただ郡山城内にわずかな近習とともに押し込めも同然。他行すらままならぬ。こんなひどい話が、どこにあろうか！」

怒りは、もっともと、勘兵衛も思う。

「しかも政勝は、竜野より連れきたる家臣を加増重用し、本家姫路よりの譜代には、なにかと難癖をつけては減知や断絶をして、その力を弱めることに力を注いでござる。ために憤激して致仕いたす者も多数にのぼり、ついにここにいたって家臣団は、三つに分かれて相争う事態となったのじゃ」

「三つでござるか」

「さよう。まずは姫路よりの〈譜代衆〉、竜野よりの家臣は、政勝の父が出雲守であったため〈雲州様衆〉と呼ばれての。もうひとつが、新しく取り立てられた〈新参衆〉じゃ」

「譜代衆に、雲州様衆に、新参衆、でござるな」

「さよう。この三派は、さらに四分五裂して、なにがなにやらわからぬほど複雑化していくのだが、まあ、大本は三つ。我が主は、いうまでもなく譜代衆、こちらの別所どのは新参衆でござるな」

いつの間にか、丸や四角でなくなっているが、別所が小さくうなずいた。

「よろしいでしょうか」

勘兵衛は、疑問をぶつけてみた。

「こんなことを申しては失礼ですが、元もとの約束がござったのなら、本多政勝さまというのは、いわば御番代《ごばんだい》でございましょう」

「いかにも」

番代とは、代わりを務める者、という意味である。

「ならば、それまでに、御譜代衆が、その点をつくことはなかったのですか」

「ごもっともでござる。もちろん我が主も、繰り返し、その点は政勝めに、強く諫言《かんげん》したのでござるが……」

憎さのあまりか、とうとう〈政勝め〉になってしまった。

実は、政朝の遺子である二人の兄弟は、生まれつき蒲柳《ほりゅう》の質で、非常に身体が弱かったらしい。

それを政勝は口実にして、こんなふうに切り抜けたという。

〈至極ごもっともな申し分で、そのことについては、自分も日夜、頭を悩ませておる。だが勘右衛門は病弱ゆえ、これに家督を譲り、もし早世するようなことがあれば、知行高が削られたり、転封のおそれもあって、藩としては大迷惑となる。今しばらくは、これまでどおり自分が政務を執《と》って、しかるべき時期に勘右衛門に相続させよう〉

「ははあ……」

なかなか老獪《ろうかい》な答えである。

「しかしながら、それがご兄弟を元服させぬ理由にはならぬ、と我が主が突き上げ、ようやく政勝めも重い腰を上げた。ご兄弟を養子に迎え元服をさせて、叙爵を幕府に願い出よう、ということになったのでござる」

こうして勘右衛門には、旧領四万石のうち三万石を部屋住料として与え、七幡次郎には一万石を与えた。

「その二年後のことでござるが、政利が十五で元服し、速やかに従五位下出雲守の叙爵がござった。それで、またも城下は騒然となった」

「ははあ、ご兄弟のほうには、まだ叙爵はなかったのですか」

「さようで。すったもんだの末に、ようやく勘右衛門さまに従五位下市正《いちのかみ》、のちに中務大輔の爵位が授けられて政長を名乗り、弟君の七幡次郎さまも監物《けんもつ》政信となられたのが、出雲守政利に遅れること六年でござった」

「それはひどいな」

だんだんに勘兵衛も腹が立ってきた。

「ま、いずれにしても、叙爵があったことで、ご兄弟とも、正式に将軍家綱に仕えるという、公式の立場を得たわけでござるが……」

こうなると、それぞれが家臣を抱えることになり〈御分人《ごぶんにん》〉があった。分人とは家臣分けのことである。

そしてその結果、先の三派に加えて、〈三万石の部屋住衆〉と〈一万石の監物衆〉というのが新たに出現してくる。

なるほど、まさに複雑怪奇なことに……と勘兵衛は思ったが、日高老人の話は、まだまだ続くのである。

6

「さて、政長さまの御分人にあたっては、譜代衆のうちより忠義の士を選りすぐったのでござるが、政勝より付人《つきびと》として差し向けられた者も数多く、わけても……」

政長が病弱だからと、政勝の近習であった医師の片岡道因《どういん》を押しつけたうえに、道因の子の太郎兵衛も、新知二百石をもって〈無理矢理に〉召し抱えさせた。

「いや、これはまことに怪しき次第――さては政長さまを害する魂胆かと、不審ばかりがつのる。そこで政長さま御近習は、一同油断なく道因父子に目を光らせるとともに、毒味も怠《おこた》りなく、用心に用心を重ねてござる」

まさに、獅子身中の虫といったところか。

一方、政勝・政利の父子は、以前にも増して大老の酒井忠清に誼を通じ、さらには水戸光圀の妹を政利の妻に娶《めと》って、その後ろ盾を固めた。

こうして雲州様衆は、いよいよ威勢よく、〈病弱な政長公より、利発な政利公を擁立したほうが本多家長久のため〉と、他派の切り崩し工作をはかる一方――。

医師の片岡道因父子を送り込んだものの、警戒を強めた政長近習に阻《はば》まれて、毒殺もままならぬ。業を煮やした雲州様衆は、ついに政長襲撃の計画に着手した。

雲州様衆に送り込んだ密偵の報告では、その中心人物が深津内蔵助だという。

「ううむ……」

勘兵衛はうなった。山路亥之助を召し抱えた人物ではないか。

「そのとき、政勝・政利父子は在府中で、政長さまは郡山におわした。すると、これはまことにもって危険千万」

日高老人の言う意味は、勘兵衛にもよく理解ができる。

大挙して政長を襲って討ち取っても、郡山内なら闇から闇に、他国に漏れることなく、いかようにも処置できるだろう。

危険を感じた譜代衆がとったのは、〈政長さまご病気につき、有馬へ湯治〉の許可を幕府からとっての避難策であった。

なるほど他国へ逃れられれば、あまり無茶はできない。

「ところが、なんと、その有馬《ありま》の湯に刺客が現われたのじゃ」

「なんと……、それは大胆な」

さすがに勘兵衛も驚いた。そんな噂は、これまで聞いたこともなかった。

「旗亭《きてい》（旅館）を襲い、一刀のもとに政長さまを弑《しい》して逃走すれば、詮議の手がかりもなく断絶、という計画であったのであろう。風雨の強い夜を選んで、賊が政長さまの寝所に忍び込んだが、幸いにし損じてござる。その賊というのが、政利の中小姓でござった。ついに自白せず、舌を嚙み切って果てよったが、これで、もう、政利の心根が見えたも同然じゃ」

なるほど、逃れられぬ証拠であろう。

「その後は、まさに大騒ぎじゃ。というて、あまりにあからさまにもできぬ。下手に幕閣に知られると、肝心の藩が取りつぶされるおそれもある。このとき国家老であった我が主は、やはり国家老の梶金平《かじきんぺい》を出府させ、江戸家老の深津杢之助や早野一学《いちがく》も同座させて、政勝に善処を詰め寄った。その結果――」

政勝は有馬の事件を聞いて大いに驚いて見せたあと、中書政長こそが本多嫡家の主流であり、次が監物、その次に出雲守、さらには左兵衛（政貞）という順であることなどを明記した書き付けを〈掟書〉として出して、一応の解決を見た。

こうして筋目は正されたかに見えたが、なお対立は深まるばかり、有馬より郡山に戻った政長の〈帰城祝儀〉の席で、監物政信の毒殺事件が起こる。

「この日は、政長さまのお館での宴でござったが、政長さまは用心のため、癪《しゃく》と称して食膳にお手をつけなかった。だが同席した政信さまは油断をなされたのであろう。宴も終わり、帰途の途中、突然に吐血して倒れられたのじゃ」

もちろん道因父子が疑われたが、証拠はなにもない。

政信の死は急死と幕府に届けられ、上意によって政勝の三男、政貞が監物政信の末期養子となって、跡目一万石の相続をした。

この事件によって、対立は、ますます深まり、陰湿な攻防が長ながとつづく。

そんななか政勝が死んで、例の九・六騒動と呼ばれる分割劇がおこなわれたのであった。ひとつの藩に、二人の藩主が存在するという前代未聞のできごとである。

もっとも、大和郡山城には中務大輔が入り、出雲守のほうは、郊外の屋敷が本拠地となった。

そして中務大輔政長の筆頭家老には都筑惣左衛門がつき、出雲守政利の筆頭家老には、深津杢之助がついた。

「表面にこそ出ておらぬが、その間、多くの士が死んでござる。こちらより潜り込ませたる者も、ことごとく討たれ、また我らも密偵の証拠をつかんだ者は討ち取り申した。まことに浅ましく、情けなきことでござる」

日高老人は、慚愧《ざんき》に堪《た》えないという表情になり、続ける。

「で、あなたさまへの、お頼みというのは……」

「はい」

勘兵衛は姿勢を正した。

「今もまだ、出雲守の野望は消えておらぬ。そして家老の深津内蔵助、こやつが変わらず出雲守の手足となって、政長さまの命を狙っていることは必定《ひつじょう》でござる」

「…………」

「で、気懸かりは、その内蔵助が新たに召し抱えた山路……いや、今は熊鷲三太夫という者のこと」

（なんと！）

勘兵衛に、まだ気づいていなかった展望が開けた。

「まさか……。暗殺者と言われるか」

「可能性は、ござろう。なにより、当方の誰にも顔を知られていない御仁だ」

「ふうむ……」

うなるほかない。だが、勘兵衛には疑問もある。

それは、中務大輔政長に嫡子はないのか、ということである。このとき勘兵衛は、政長が水戸光圀の甥を養子にとろうとしていることさえ知らない。

ただ嫡子さえあれば、むざむざ命を狙われることもあるまい、と考えただけだ。もっとも本多家には、〈馬の乗り降りが自由にできない者は領主の資格がない〉という奇妙な掟があったから、嫡子が、まだ幼少ならば話は別なのだが。

「いや、あいにくと……」

日高老人は〈蒲柳の質ゆえか。政長さまには子が一人もおできにならぬ〉と嘆いた。

「奥方は、土佐の山内忠豊公の姫なのだが……」

このとき別所が、酒の酔いもあったか、

「ま、政長さまには女性《にょしょう》より、美童を好まれますからな」

と軽口を叩き、日高老人にたしなめられる、という一幕があった。

なるほど、それでは子もできぬわけだ、とそのとき勘兵衛は思っている。

「それはそれとして、実は、つい先日、ご養子が決まってござる」

「そうなのですか」

「うむ……。水戸光圀公の異母弟に、松平頼元さまという方がおられてな。光圀公から二万石を分与されて、常陸の国に額田藩というのを創設された。そこの御次男でござるよ」

「ほう。それは……。たしか出雲守の奥方も、光圀公の係累でございましたな」

「さよう。ま、いわば対抗策にもなる、一石二鳥のな……多少の邪魔はあったが、まあ、なんとか……」

「邪魔がありましたか」

「ありはしたが、酒井の専横を快《こころよ》しとせぬ人物も、おられるゆえにな」

「ほほう」

日高が言う酒井とは、大老にちがいはなかろうが……。興味が湧いて、カマをかけてみた。

「そのように気骨のある老中が、おられましょうか」

(今の老中といえば……)

稲葉美濃守正則、久世大和守廣之、土屋但馬守数直、阿部播磨守正能《まさよし》、と胸の内で数えてみた。このうち阿部は、つい五日前の十二月十三日に、奏者番から老中に昇進したばかりである。

「ま、そこまでは言えぬが、我らにも味方はおるということだ」

仮面をかぶらず、これまで虚心坦懐《きょしんたんかい》に明かしてくれた日高だが、さすがにこれには慎重だった。

そしてそのことが、かえって勘兵衛に、こう考えさせている。

（成りゆきとはいえ、他家の争いに首を突っ込むばかりでなく、今や自分は、老中たちの争いにまで巻き込まれようとしているのではなかろうか）

「ま、それはそれとして、政長さまに御養子がお決まりなら、さようなご心配は無用なのではございませぬか。まさか御養子まで害しようなどと、無謀なことはなさいますまい」

「いやいや」

日高老人が手をひらひらさせた。

「実は、御養子は、まだ七歳。ご成長までは油断ができません。御養子のことで敵も焦っておりましょうから、かえって危のうござるよ」

なるほど、そういうことになるか、と勘兵衛は思った。

「話が横道に逸《そ》れ申したが……」

「あ、はい」

「落合どのにお願いしたきこととは、まずは黒幕の深津内蔵助」

「はい」

「それと先ほどの話に出ました片岡道因と、片岡太郎兵衛のことにござる」

「ははあ。獅子身中の……いや、付け人できた医師と、その子、でしたね。その二人、まだ御家中に？」

「そのまま、政長さまの近習でござる。二人とも毛ほどの隙も見せず、神妙に勤めを果たしているほどに、いかに怪しいとはいえ、これの処断はむずかしゅうござってな」

それはそうであろうと、勘兵衛は思う。

政長は政勝の養子となったのだから、政勝からつけられた付け人は、いわば親からの預かり者である。それを勝手に処断するなど、決して許されぬことであった。

「さようですか。で、出雲守家江戸家老の深津どのと、その二人を、どうせよとおっしゃるのでしょうか」

(まさか、斬れとはいうまいな)

「早い話が、その動向を——。誰と会って、なにをしたか、いや、どのようなことでもいいのでござる。ひそかに眺められたことを、拙者にお伝えくだされぱいい」

「…………」

「落合どのが追われる熊鷲三太夫の動きは、深津内蔵助や片岡道因父子とも必ずや繋がっておるはず。もし、これらの者どもが動きを察知なされたら、それをお知らせ願いたいのじゃ」

「ははあ……」

亥之助に関しては密偵を勤めるゆえ、勘兵衛にも密偵になれ、ということらしい。

その意図はわかる。勘兵衛がどちらの家中にも、まるで顔を知られていない、という取り柄があることだ。

このような席に、又家来の日高が出てきていることから推《お》しても、長い長い闘争のうちに、両家とも、誰を信じればいいのかわからぬ、といった不幸を背負ってしまったらしい。

あれ、これ、それと思いが脳裏を駆けめぐり、一度ゆっくり考えねばならぬ、とは思ったが、話の成りゆきで、すでに〈いかようにも〉と返事をしてしまっている。

（つまり俺は、亥之助を討つばかりではなく、一方では他藩の魑魅魍魎《ちみもうりょう》たちをも追わねばならぬということか）

はて、そんなことが許されるであろうか、とちらりと脳裏には浮かんだが、

（えい。おのれ個人の裁量でやることだ）

腹を決めて、答えた。

「どこまでお役に立てるかは存じませぬが、しかと承知いたした」

日高と別所の顔が、ぱっと輝いた。

俳諧師の家

1

年が明けて、勘兵衛は十九歳になった。
(どうも、面白くないぞ)
勘兵衛は、少しふてくされている。
というのも——。
いろいろ松田から釘は刺されていたけれど、
(やはり、直明さまに新年の挨拶だけはしておきたい)
江戸に出て伺候したのが一度きり、あれ以来、なんの音沙汰もない。
そこで年末に、利三のところに繋ぎをとったところ——。

〈気遣いは不要なり〉

えらく素っ気ない返事がきた。

それ以前に、山路亥之助が名を変えて、深津内蔵助に仕官したらしいことだけは、報らせてある。

だが、それに対しても、

（ウンでもスンでもない……）

浅草瓦町に居候となってより、早くも二ヶ月半が過ぎている。その間、親友の利三とも一度も会わずにいることを思うと、もう自分など忘れ去られた存在か、とさえ思えてくるのだ。

（それとも……）

与えられた密命の度を超えて、他家の争いにまで首を突っ込みはじめたことが露見して、

（お怒りであろうか）

そんな不安さえ湧いてくる。

すでに昨年のうちに勘兵衛は、日高老人の手引きで、片岡道因と片岡太郎兵衛の面体を確かめた。

日高の遠縁に化けて大和郡山藩九万石江戸藩邸内の家老役宅へ入り込み、都筑《つづき》家老が両人を、それぞれ打ち合わせと称して呼び込んだのを物陰から見る、という方法であった。

そして深津内蔵助のほうも――。

〈元旦登城〉といって、元日の朝早くから、御三家や譜代大名たちが、大名行列を賑《にぎ》賑《にぎ》しく整えて将軍拝礼のため江戸城へ登城する。そういったことが三日も続く。

またそれを見物しようと、町人たちもお堀端に集まってくるから、

――あれが、そうじゃ。

大和郡山分藩六万石の、本多出雲守行列に混じる馬上の深津内蔵助を、日高老人が人垣の間から指して教えても、誰も怪しむ者などいなかった。

こうして、三人の顔は、しっかり勘兵衛の記憶に焼きついている。

亥之助に関しては、まだ情報は入ってこない。

ひどく落ち着きの悪い、なんだか報われぬような……心のもやもやが、だんだんに凝《こ》ごってきたあげくに、

(えい、知ったことか)

なんだか、なにもかもがばからしく思えてきて、正月からこちら、勘兵衛は遊び歩

いていた。

　金には困らない。

　というのも、藩との繋ぎに使っている札差の伊勢屋に行けば、必要なだけ、金が用立てられることになっていた。

　そういう意味では、気楽といえば気楽なのである。

　早朝に門松がとられた七日――。

　勘兵衛は午後になって、高山道場に顔を出した。

「久しゅうござるな」

「いや、なにかと……、申し訳ござらぬ」

　師範代の政岡に頭を下げると、

「では、さっそくながら、一手、ご教示願おうか」

「いや、とんでもない。こちらこそよろしくお願い申す」

　政岡とは、これまでに三度ばかり試合稽古をして、三本のうち一本は勘兵衛が取っている。二本を取ったこともあるから、剣の腕前では互角か、ほんのわずかばかり勘兵衛のほうが劣るか、といったところである。

　政岡からは小野派一刀流の型を教えられ、勘兵衛のほうは夕雲流の型を教えるといった。子弟というより、剣友といった関係になりつつあった。

師範代の政岡と遜色のない腕前だから、まだ入門から間がないのに、高山道場の門弟というより教える立場で代稽古もおこなう。

政岡と一刻ばかり、互いに型の練習をしたあとは、そろそろ集まりだした門人に稽古をつけた。

あるいは、別所小十郎が顔を見せるかもしれぬと思っていたが、顔を見せない。

武者窓から入ってくる冬の光が、だんだんに乏しくなってきた。

「では、これにて……」

政岡に暇の挨拶をして道場の下男を呼び、小盥《こだらい》にぬるま湯を張らせて、脇の間へ運ぶように頼んだ。

稽古着を脱いで、汗をぬぐう。

肩から胸、背、腕、と筋肉が隆隆と盛り上がり、若い肌が手拭いの湯をはじいた。

脱ぎ捨てた稽古着は、下男が洗ってくれることになっている。

帰り支度をしているところに、道場主の高山八郎兵衛が顔を見せた。

互いに新年の挨拶を交《か》わし終わってから、高山が言った。

「今、七草がゆを作らせている。一緒に食べていかぬか」

「ありがとうございます。なれど、きょうはちょっと約束がございまして」

「さようか。それでは仕方ござらぬな」

あっさりと言った。

「それより、また、ご教示を賜わりたく願っております」

「そうだな。だが、なかなかに手強いゆえ、油断ができぬ。他の門人がおらぬときのほうが、よいかもしれん」

「とんでもないことで。まだまだ足元にも及びませぬ」

高山が冗談めかして言うのに、勘兵衛は生真面目に返した。

高山に直接指導を受けたのは一度きりだが、勘兵衛が激しく間合いを詰めても、するするっと躱《かわ》されて、その間、一点の隙も見いだせなかった。正式に試合をすれば、必ず敗北に終わるだろうと勘兵衛は思っている。

2

道場を出ると、勘兵衛は道を南にとった。白壁町から紺屋町へとかかるあたりで、すでに夕闇が訪れはじめた。

風呂敷包みを背負って家路を急ぐらしい商人たちとすれちがい、つい遊びすぎて帰宅が遅くなった子供たちが、路地に駆け込んでいく姿も見える。

前方に、松の植わった土手が見えてきて、右前方の松と松の間から、石町《こくちょう》の時鐘《じしょう》櫓《やぐら》が夕焼けのきた空の中にそびえている。

明暦の大火後に防火のため、東西八丁（八七〇米《メートル》）にわたって二丈四尺（七・三米《メートル》）の高さに築いたのがこの土手で、その先が本銀《ほんしろがね》町のため〈銀町土手〉と呼ばれている。

勘兵衛は、土手の手前を左に折れた。

東西の長い土手が尽きるあたりまできたとき、暮れ六ツ（午後六時）の鐘の音が、背中のほうから追ってきた。その鐘を合図のように、右へ折れる。

大門通であった。

そう、勘兵衛が向かう先は、あの［和田平］である。

旧臘《きゅうろう》の半ば過ぎに日高や別所に会ったとき、互いの連絡所として［和田平］を使うことを決めた。そして六日に一度、〈先勝〉の日は暮れ六ツごろに、できるだけ集まって互いの情報交換をおこなうことも決めた。

所用あって出席はできぬが報告事項があるときは、女将に文を預けておく、というようなことも決めている。

そしてきょうが、その〈先勝〉の日にあたる。

ぽつぽつと町に灯りが入るころ、勘兵衛は田所町の［和田平］の長暖簾をくぐった。

元旦だけは飛ばしたから、これで四度目になる。

二度目のときに、片岡道因、太郎兵衛の、三度目のときは、元旦登城の際の深津内蔵助を、面改めする段取りが決められた。

［和田平］は、少し変わった造りになっている。

玄関を入ったところは土間であるが、そこから真っ直ぐに奥まで細い土間が続いている。これは上方の町家に多い〈通り庭〉と呼ばれるものらしい。

この土間の道は、右手のほうにも延びていて、途中に式台があって、そこから一階の大座敷に入る。すでに客が入っているらしく、賑やかな声が届いてきた。

式台は、玄関の左手にもあって、ここから階段を通って二階座敷に通じる。この式台に続く〈通り庭〉手前の部屋が帳場となっていて、

「まあ、丸さま。よう、おこしやす」

さっそくに帳場から、女将が出てきた。

「きょうは三角はんから、文をお預かりしてまっせ」

帯の間から、小さく折った紙片をとりだしながら、

「きょうは、四角はんも、ご用がおありと連絡がありましてん」

「じゃあ、お二方とも、きょうはこられぬのか」

「へえ。すんませんなあ」

元もとが、互いに急用が生じたときは、連絡を入れずに欠席してもよい、という約束だから文句を言う筋合いではない。

「いやいや。では、お邪魔をいたした」

そこで文だけを受けとって言うと、

「まあ、そう言わんと……。きょうは近江から届いた鴨と、脂のよう乗った鰤《ぶり》が入ってますんやで。どうぞ食べていってくださいな」

女将が引き留める。

実のところ勘兵衛も、これまでに、この家の料理を三度食して、それがひそかな楽しみにさえなってきている。なにしろ、居候先でおたるが用意する食事とは、まさに〈月とスッポン〉以上の差があるのだ。

「大座敷のほうでも、よろしゅうございますけど、よろしかったら帳場のほうで、どうでっしゃろ」

「はあ、それはかまいませぬが、ご迷惑ではござらぬか」

「まあ、まあ、お若いのに、なにを遠慮をなされますんや。丸さまは、もう家族も同然やおまへんか」

ちょっと不思議なことを言う。

帳場は八畳ほどの座敷で、奥の続き部屋の奥隅に結界があって、内には大福帳を開いた文机と手あぶりがひとつ。背後にしつらえられた棚には、さまざまな大皿、小皿が積み上げられている。

その続き部屋は、店で働く仲居たちの溜まり場でもあるのか、女将は結界のところから襖を一枚半開きにして首を突っ込み、

「誰か、こっちの帳場へ、手あぶりをひとつ、持ってきてんか」

そう命じて、勘兵衛のために座布団を置いた。結界のすぐ横手である。

少し落ち着かない気分のまま、用意された座布団に座ると、格子窓ごしに店の玄関あたりが見えることに気づいた。

「好き嫌いは、ございまっか。それとも、お任せくださいますか」

「お任せ申す」

「まあ、まあ、お気楽に。お気楽に」

女将は朗《ほが》らかな調子で、別に〈先勝〉の日とは限らずに、お一人でいつでも、遠慮なく店にやってきてください、などと話しかけてくる。

「丸さまは、どこぞに居候をされてはるとか、それではおいしいもんも、あまり口には入りませんやろ。ほんまに遠慮せんと、いつでもここへ、お食事においでやす」

「はあ……」

日高は昵懇の店と言ったが、いったいどこまでしゃべっているのだろう、などと勘兵衛は考えている。

「お勘定の心配なんかは、せんでもええんだっせ。お父っつぁんからも、そう言われてますよってに」

「は？」

「あら、まだ聞いてはりませんでしたか。三角はんが、わての、お父っつぁんだす」

これには驚いた。

聞けば、三角こと日高信義は、若いころ大坂在番のときがあって、妾に産ませたのが女将の小夜だった。母娘は、道頓堀近くで料理屋をしていたが、その母が死んで、小夜は父を頼って江戸に出てきた。

そしてこの店を持たせてもらったのが、つい昨年の春だという。

店名の謂《い》われは、小夜の祖父が綿屋の平右衛門だったことに由来して、大坂での店名を、そのまま踏襲したそうな。

「料理人も、大坂で使っておったのを呼び寄せましたからな。料理には自信がおますよって、せんど（たくさん）きたってくださいや」

というこどらしい。

（やっぱり、狸親父だ）

どこか飄飄とした日高のことを、改めて勘兵衛は、そう思った。

客がきて、女将は式台へ向かった。格子窓ごしに見える客は、どこか大店の主人らしい身なりだった。それを、呼ばれた仲居が二階座敷に案内していく。

その間に、勘兵衛は日高からの文を取り出した。

〈○どの〉

表書きは、そうなっている。

裏を返すと、一枚の和紙を斜め短冊に折り返して封緘《かん》したものらしい。

（まるで、付け文だな）

勘兵衛は、少少こそばゆい気分になって、緘を解いた。

〈きたる十五日夕刻より、道因他出。本町河岸は高野幽山方にて会なりと届けあり。

心懸けのほどを願う。〉

と書かれていた。

3

勘兵衛の半町ほど先を、丸頭巾をかぶった片岡道因が一人でいく。なるほど坊主頭では寒かろうが、おかしいのは、丸頭巾の色までが洗柿であることだ。

しかし、町に吹く風はすでに初春のもので、あと半月もすれば梅だよりが聞かれそうだ。まだ寒さは残るものの、越前大野にくらべれば、信じられないほどのあたたかさである。

なのに、おたるに言わせると、

——今年は、とっても寒いし、なんだか雨も多い。

のだそうだ。

と言われても、江戸での初正月だから勘兵衛にはわからぬことだ。

たしかにこのところ、よく雨が降る。きょうは久しぶりに晴れ間があった。

折しも道因は、日本橋南一丁目(のちの通一丁目)の[白木屋]の前を通過するところだった。

この［白木屋］は名のとおり、元は材木屋だったそうだが、大火で財をなして十年ばかり前に呉服屋に転じたという大店だ。

だが、おたるによると、昨年、伊勢松阪から進出してきた［越後屋］というのが本町一丁目にできて、〈現金掛け値なし〉という新商売をはじめて評判を呼び、ずいぶんと客を持っていかれた、らしい。

その白木屋の前で〈太神楽《だいかぐら》〉をやっている。

鉦《かね》や太鼓で、厄払いの路上舞を演じながら市中を徘徊する一団は、正月の間もあちこちで見られたが、きょうが小正月ということもあって、またぞろ出てきたのであろうか。そういえば、三河万歳の姿も、さっき見た。

道因について、日本橋を渡る。

行き先は、本町河岸ということだったが、それに間違いはない道筋であった。

本町河岸がある本町三丁目は、江戸の薬種問屋が蝟集するところであり、和漢薬のみならず、唐物、南蛮渡りの、実にさまざまな薬品が集まるところでもあった。

その日がやはり〈先勝〉にあたる二日前、［和田平］にきた日高老人は、

──道因め、いずくかで毒でも仕込むつもりではないか。

などと心配していたが、いくらなんでも勘兵衛も、そこまでは調べきれない、と思っている。だが、まあ、こうして跡をつけてみることにしたのである。

それでも、中務大輔家で取引のある薬種問屋は、［小西長左衛門］と［大坂屋庄左衛門］の二軒だけ、とは教えられていた。

さて、いよいよ日暮れも近づいたころ、道因は、室町三丁目の半ばにある横町を右に入った。

その横町は、浮世小路《うきよしょうじ》と呼ばれている。

〈小路《こうじ》〉を〈しょうじ〉と読むのは加賀のならいだそうで、加賀からきた人たちが、このあたりにかつて風呂屋を開き、湯女《ゆな》や遊女もたくさんいたという。

暮れ時分ともなれば、上がり場に使った格子の間は座敷に早変わり、金屏風を引きまわして三味線を鳴らし、といった夜間営業が〈風紀よろしからず〉ということで、取りつぶしにあったそうだが、なまめかしい名は、その名残であろうか。

浮世小路を抜けると、そこが西堀留川の堀留で、堀の左右に河岸の道が延びる。右奥の角に、小さな稲荷社があった。

洗柿の丸頭巾と羽織の背が、北側の河岸をいくのを、勘兵衛は稲荷横の柳の木のところから見ていた。ここまでは人通りも多かったからこそそせずにきたが、裏通りとなると、そうもいかない。

一町ほど先に堀川に架かる橋がある。名を雲母橋《きらず》という。

橋の手前に船着場があって、菰《こも》かぶりの荷が下ろされていた。

それを丁稚らしいのが陸《おか》の大八車へ運んでおり、前垂れかけの男が、帳面に筆を走らせているところを見ると、商家に舟運で運ばれてきたものであろうか。

道因は、その船着場前の町家に入っていった。それを見届けて、勘兵衛も動く。

表札らしきものは見あたらなかったが、これといって変哲のない町家である。粗末でもなければ、立派でもないといった二階家を見上げ、ふと気づくと、塀越しに枝を伸ばした柊《ひいらぎ》の枝から、なにやら、ひらひらしたものがぶら下がっている。

短冊のようだ。なにか書かれている。

手を伸ばして確かめると、

〈丁々軒寓《ちょうちょうけんぐう》〉

と、書かれていた。

（はて？）

首をかしげた勘兵衛だが、堀川べりで帳面付けしている手代らしいのが、勘兵衛のほうを見て、やはり首をかしげている。思わず苦笑して、船着場まで下りていった。

「ちょっと、お尋ねいたすが」

勘兵衛は手代に、このあたりに、高橋幽山という人が住んでいると聞いたが……と続けた。

「今、あなたさまが、お覗きになっていたところでございますよ」

「あ、やはり、そうであったか。いやいや失礼した。ところで、よくは知らぬのでお尋ねするのだが、あそこの短冊に書かれた〈丁々軒〉というのは、なんであろうか」

「詳しくは知りませんが、なんでも連歌の先生だってことで、ええっと、そうそう、俳諧っていうのかい。その屋号みたいなものだって聞きましたけどね。お弟子さんも、たくさんいるらしいいし」

「ははあ、なるほど」

〈丁々軒〉は高橋幽山の号らしく、俳諧の宗匠らしい。

「じゃ、ごめんくださいまし」

「ああ、どうもありがとう」

すでに荷下ろしも終わったらしく、手代は丁稚や大八車とともに、本町通りのほうに消えて、舟も櫓音をきしませながら、夕景の堀を下っていった。

（さて……）

河岸への階段を上がりかけた目前を、今度は商人らしい男が〈丁々軒寓〉に入っていくのが見えた。

（なにかの集まりか）

勘兵衛に俳諧の知識はあまりないが、それが連歌から発達した文芸で、京・大坂を中心に、貞徳《ていとく》流や談林《だんりん》流といった流派に分かれている、くらいのことは聞き知っている。

すると、〈本町河岸の高橋幽山宅にて会がある〉と、道因が藩邸に出した届けに嘘偽りはなさそうに思えた。道因は、俳諧を好む数寄者《すきしゃ》で、その会で、ここに来たことになる。

（怪しむべき点はない）

そう思って勘兵衛が、そのまま河岸を東に行きかけて、

（お！）

思わず胸の内で声を出したのは、もうひとつ先の道浄橋あたりから、伊勢町河岸を急ぎ足でくる武士の姿に気づいたからであった。

羽織袴は洗柿、それに黒い首巻きをしているが、本多家の侍と思われる。

もっとも〈百本多《ひゃくほんだ》〉とも言われるように、分家に分家を重ねて、松平同様に、本

多を名乗るのは大名だけでも両の指では足りない。だから、色が洗柿というだけで決めつけるわけにはいかないけれど、これは気にかかる。

とっさに勘兵衛は雲母橋を渡って、前方からくる侍をやり過ごした。もはや誰彼《たそがれ》のころで、面貌はしかと見分けがたかったが、だいたいの特徴だけは見て取った。

雲母橋を渡りきり、侍の背を目で追うと、まさしく高橋幽山の家へ入っていった。

（ふむ……）

はたしてこれは……と考えはじめたとき、灯でも入れたか、件《くだん》の家の二階窓障子がぼうっと明かりを滲ませ、同時に石町の鐘が鳴りはじめた。

そして——。

洗柿の侍と入れ替わりのように、出てきた人影がある。体型から見て、まだ少年のようである。

4

勘兵衛は雲母橋を戻り、歩調を合わせて、橋袂で少年と出会うようにした。

（こいつは、また……）

勘兵衛が眉をひそめたのは、少年の風体である。

まだ前髪の若衆髷《わかしゆうまげ》なので、少年にはちがいない。だが、その服装の派手なこと……。

空色絹に墨絵の山水を書きつけ、なにやら判じ物らしい朱印を紋にした小袖に、帯は思いっきり細い木綿の小倉縞《こくらじま》だ。

あきれて見ている勘兵衛には一瞥もくれず、少年は目の前を通過した。背中には、銀糸で、なにやら文字を刺繍すらしている。

一昔も二昔も前に絶えたはずの、〈かぶき者〉を見たような気がした。

もっともこのころの江戸町衆の一部には、文字を模様に使ったり、背中一杯に華麗な大柄模様を描いた寛文小袖、というのが流行している。だが、前髪の少年が着るものではない。

(こいつ、とんでもない不良だぞ)

思いつつ、

「率爾《そつじ》ながら……」

勘兵衛は背中から声をかけた。

「ん……」

派手な衣装の少年が振り返り、

「俺のことか」

じろりと睨みつけるようにした。

「ああ、すまぬな。ちょっと尋ねたいことがある」

「なんだ」

えらく無愛想だった。

「いや、おぬしが今し方、高野先生のところから出てきたのを見かけたものでな」

「それが、どうした」

「いや、どうということはないが、あそこは俳諧を教えておるところだろう」

「そうだよ。しかし俺は……、ちょいと寒いし腹も減っているから、早く家に戻りてえんだ」

「ああ、それはすまなかった。じゃあ、歩きながらでも話そう」

伊達の薄着、だろう。羽織か半纏でも引っかければよさそうなものなのに、と勘兵衛は思った。

「家は近いのか」

早足の少年とともに伊勢町河岸を行きながら聞くと、やはりぶっきらぼうに、

「堀江町」

　こちらを見やりもせずに答えた。

　ならば近い。ここから五町（五〇〇メートル）ほどであろう。

「で、なんだ。そちらは、高野先生のところに入門でもしたいのか」

　少年が、そのようにとってくれたらしいので、それに乗ることにして、

「そう思っているが、紹介者もおらぬので困っていた。そのあたりを尋ねたい」

「そうか……」

　言って、少年は立ち止まる。

　左は堀留町一丁目、右には小舟町が続き、堀沿いに白壁の蔵が建ち並びはじめるあたりだった。

「俺は、あそこの門人でね」

「そうなのか。それは都合がいい。いろいろと教えてくれんか」

「それはいいが……。じゃ、どうかな。晩飯でも振る舞ってくれるかね」

「うむ。馳走するにやぶさかではないが、このあたりに、そのような店があるのか」

「おう。いい店を教えてやるぜ」

　まさか「和田平」ではあるまいな、と勘兵衛が思ったのは、真っ直ぐ五町ほども行

くと［和田平］だったからだ。

だがちがった。

やたらに生意気な少年が案内するのは、万《よろず》橋を渡って新材木町を南下する道であった。早くも町は夕闇に包まれている。右手は蔵地、左手の商家から漏れるわずかな灯りだけを頼りに歩いた。

その先には堀江六軒町というのがあって、葭《よしちょう》町と通称される一画がある。勘兵衛はまだ足を踏み入れたことはないが、付近は陰間茶屋の巣窟だと聞いている。

（まさかな……）

その目で見れば、夜目にも派手な衣装の少年は、〈色子〉と見えなくもない。

「ところで拙者は、落合勘兵衛と申す」

用心する気持ちが湧いて、自己紹介をした。

「ふうん。落合さんか」

「さよう。十九になり申す」

「俺は、竹下侃憲《ただのり》というんだ。十四だよ」

姓があるからには、素性の知れぬものではなさそうだ。だが十四というと、弟の藤次郎より、二歳も下ではないか。

（それにしては、いやに早熟な男だぞ）

勘兵衛がそんなことを思っていると、

「実は、俺の親父が高野先生の門下でね。それで俺も入《へえ》ったんだが、きょうは小正月だから小豆粥《あずきがゆ》を食って、そのあと歌仙を巻くそうだ。俺もと思っておったのに、年若きを理由に連衆《れんじゅ》に入れられず、おん出されたのよ」

くやしそうに言う。

まず五・七・五の発句を作り、次は七・七の脇句、さらに第三の長句をというふうに、決まり事に従いながら三十六句を作ることを〈歌仙を巻く〉といい、その作句に参加する人たちを連衆というが、竹下を名乗った少年の不機嫌のもとは、そのあたりにあったようだ。

「それはとにかく、急ごうぜ。でねえと、てえへんなことになる」

なにが大変なことになるのかわからないが、竹下が勘兵衛を急がせて入ったのが、道幅三間（五・四㍍）ほどの、楽屋新道と呼ばれる通りにある、粗末な掛け茶屋であった。

一帯は、「中村座」がある堺町の裏手にあたり、ほかにも浄瑠璃小屋や寄席小屋などが近くにあるから、芝居茶屋の多いところである。

「若先生、いらっしゃい」

竹下と変わらぬ年ごろの小女が声を掛けるのに、

「おう、よかった、間に合ったな。ずいっと奥へ上がらせてもらうぜ」

がらんとした土間席を抜け、やはり一人の客もいない畳の間に、竹下は上がり、

「落合さんは、なににする？」

「ああ、お任せしよう」

「そうかい。おーい、お春ぼう」

声を張り上げる竹下に、勘兵衛は店内を見渡し、客がまるでいないのを見て取って、ここまで急がされたのを、閉店の時間に間に合わせるためか、というふうにとった。

「鰤はあるかい」

「寒ブリのいいのが入ってるよ」

「じゃ、そいつの塩焼きに、それから豆腐汁を持ってきてくんな。酒も忘れずにな」

「へーい。こちらのお侍さんも、それでいいかい」

（おいおい。酒まで飲むのか）

互いに十四かそこらの少年と少女が、一丁前のやりとりをしているのにあきれながら、勘兵衛は返事した。

「いいよ」

「落合さんは、こういうところははじめてかい」

うなずきながら、竹下と名乗った少年を改めて灯りの下で見ると、きかん気の強い顔つきだが、どこか人なつっこそうなところもある。

「じゃ、大芝居も見たことがねえ？」

「ない」

「様子から見ると、そうだろうな。いやさ。きょうから、そこんとこの［中村座］で、初春興行がはじまったんだ」

「……………？」

「朝の七ツ（午前四時）に太鼓がドンと鳴って客が入り、明け六ツ（午前六時）から大芝居（歌舞伎）がはじまる。それが、そろそろ終わるころだよ。そうなると、もういけねえ。あっという間に、このあたりの茶屋は満員御礼。とてもじゃねえが、入《へえ》れねえよ」

（それは知らなかった……）

ふと勘兵衛は、故郷ではじめて見た芝居興行のことを思いだし、そのとき一緒だった園枝のことまで瞼によみがえらせて、甘酸っぱい気分になった。

あれは四年前、十五のときだったな……。

それにしても、江戸の歌舞伎がそんなに早朝から、半日も続くとは思ってもいなかった。

「さっき、若先生と呼ばれていたが、なんの先生なんだ」

「よしてくれ」

照れたように手を振った竹下に、はじめて少年のような表情が出た。

「親父が医者だから、そう呼ばれているだけだ。俺は医者になぞ、ならねえよ」

「ほう」

跡をつけてきた片岡道因も医者だから、興味を覚えた。

「町医者か」

「いやいや。歴とした、御殿医だ」

「ほう、どこの」

「どこのといわれても困るがね。近江膳所《おうみぜぜ》藩のお抱え医師さ」

「膳所藩というと……」

(たしか七万石の……)

あっと思った。

「藩主は、ええと……」

「今は、本多康将《やすまさ》だな」

「ああ、そうだったか」

（これは……）

〈百本多〉といわれるくらいだから、〈本多〉と聞いて驚く必要はないのだろうが、また新たな〈本多〉が重なってきたのが気にかかる。

顔色を変えぬよう、怪しまれぬように、と思っているところに、豆腐汁と酒がきた。

「まあ一献」

勘兵衛が銚釐を持ち上げると、

「やあ、これが一番温まる」

竹下は、勘兵衛の思惑など気づくふうでもなく、嬉しげに盃を傾けている。

「ところで、竹下さんと入れ替わりのように、洗柿の羽織を着た武士が入っていくのが見えたが、あれも本多家の方ではなかったか」

「ああ、宇古《のきふる》さんか」

「のきふる？」

「いやいや、それは俳号だ。本名は原田さんといって……、ああ、そうだったな、原田さんも本多家中だったか。だが親父の本多とはちがって、あっちは本多出雲守のほうの家来だ。第一、こっちの本多は、年がら年じゅう、洗柿などという野暮は言わん」

(!)

本多出雲守と本多中務大輔、それに膳所藩、本多康将の家来たちが、一堂に会している?

これは単なる偶然か、と勘兵衛は考えていた。

「で、入門したいんじゃなかったのか」

「おう、それそれ」

思わぬ話の成りゆきに、危うく怪しまれるところであった。

「なにもわからんで聞くんだが、紹介者がなくとも入門は許されるのだろうか」

「特にいらんと思うがな。なんなら俺が紹介してもいい。ただし、けっこうかかるぞ。それは大丈夫か」

「大丈夫と思うが……、ほかに、どういった人たちが集まっているんだ」

「うん、たとえば、小田原町の魚問屋の若旦那とか、そうそう、俺の親父と同じく大名のお抱え医師もおれば、去年くらいからは、大坂からきたという侍とも町人ともつかぬ者もいる。そういう意味では多士済済だな」

豆腐汁を、ふうふう言いながら啜り、怪しむでもなく、よくしゃべる。

実は、この〈侍とも町人ともつかぬ者〉というのが、のちの松尾芭蕉である。そしてその門下で、竹下少年が其角《きかく》、魚問屋の若旦那が杉風《さんぷう》として名を残す。また、本多大内記政勝と政利に仕えた原田九郎左衛門綱中こと宇古《のきふる》も、芭蕉門下になるのであるが、もちろん勘兵衛は、そんなことは知らない。

そうこうするうちに、竹下が言ったとおり、がらんとしていた掛け茶屋は、見る間に満員になってしまった。

葭町《よしちょう》の割元《わりもと》

1

のちに考えれば、この年は異常気象であったらしく、正月二十三日から江戸は激しい暴風雨に見舞われた。各地でも堤防が決壊して田畑に多大な被害を出している。

さらに二十七日から、江戸は連日の大雪となった。

そんな如月《きさらぎ》のある日。

「落合勘兵衛どのが見えられました」

襖の向こうから、用人、新高の声がした。

「おう。よいぞ。通せ」

大野藩留守居役の松田は、役宅の執務机から顔を上げた。

「お久しゅうございます」

（一段と、凛凛しくなりおったようじゃの）

松田は目を細めたい思いで、勘兵衛に言った。

「寒いなか、呼び出して悪かったの」

「とんでもございませぬ。嬉しゅうございました」

「ほう。嬉しかったとは？」

「はい。新年のご挨拶もできず、なにやら忘れられておるような心地さえしておりましたので」

なんの衒《てら》いも気取りもなく、このように真っ直ぐぶつかってくる勘兵衛を、松田は好んでいた。たぶん自分自身、日ごろから術策に明け暮れているせいであろうか。

「それは、すまなかったな。実は伊波に、直明さまへの、そなたの年賀の挨拶は遠慮させろ、と命じたのは、このわしじゃ」

「は？」

勘兵衛が少し首をかしげたので、ことばを足した。

「直明さまの性格は、わしが一番知っておる。妙に向こう意気の強いところもあるが、熱しやすく冷めやすい、ところもあってな。そなたに山路亥之助のことを命じてしまったら、それで気がすんだのであろうか。近ごろは亥之助の、いの字も出てこんのだ」

「ははあ……」

勘兵衛は、さらに首をかしげた。

「へんに火をつけることもなかろう、と思うてな。だから、そなたからの、亥之助が変名して仕官した、という報告も、わしがところで止《とど》めておるのじゃ」

「まことでございますか」

勘兵衛は驚いた顔になった。

「そういうことじゃ。あれでまた思いだしでもされて、やいのやいのと言いはじめられたら、わしも迷惑じゃし、そなた自身もやりにくかろうと思うてな」

「さようでございましたか。しかし……、あの報らせは、たしか伊波利三宛に送ったはずですが」

（こやつ、矛盾をついてきおったの）

さて、すべてを明かしていいものかどうか、と思案しながら松田は、

「うんうん。それはそうなんじゃが……」

「あ、さては、伊勢屋に預けたる文の数かず、宛先の区別なく、すべては御留守居さ

まの手に……という仕組みでございますな」

（見事に見破りおったわ）

感心しながら、笑うだけにとどめて、

「まあ、悪く思うな。そのあたりについては、伊波にも承知をさせた。それにそなたに、むやみに会ってはくれるな、とも頼んでおいた。というのも、ほかでもない。伊波の耳に入ったことは、いやでも直明さまの耳にも伝わろうし、そうなれば、どんな厄介ごとになるやもしれん。もっとも伊波は、むくれておったがな」

「むくれておりましたか」

「かなりな」

伊波が美貌を朱に染めて、

――それでは勘兵衛が、あまりに気の毒でございます。せめて友として、悩みや愚痴くらいは聞いてやりたい、と思うのが人情ではございませんか。

と、抗議したことを松田は思いだした。

「しかし、不承不承ではあったろうが、ことを分けて話せば合点してくれた。要は直明さまに、忘れているうちは忘れてもらっているのが一番、ということだ」

「はあ……」

言って、勘兵衛はなにごとか考えこんでいるふうだったが、

「で、きょうのご用とは、なんでございましょう」

「うん。そのことよ。そうそう、父御よりそなたに文が届いておる。まず、それを渡しておこう」

「それは、ありがとうございます」

勘兵衛は表情を輝かせ、押し頂くように書状を受けとると、懐にしまった。

「で、その後はどうなのだ」

「亥之助のことでございますか」

「うむ」

「いや、まことに申し上げにくいのですが、その後は、なんの進展もございません。あ……」

勘兵衛は、ふとあわてたように、

「これは、お礼が遅くなりました。山路亥之助が、熊鷲三太夫と名を変えて、本多出雲守家老に召し抱えられていることを知ったのは、これ皆、松田さまのおかげでございました。ありがとうございました」

「そうか、役に立ったか」

きょう松田が勘兵衛を呼んだ理由のひとつに、そのことがあった。確かめておきたいことがある。

「はい。おかげで、本多出雲守の家中に手蔓《てづる》ができて、そこから判明したことでございますから」

「おう、そうなのか。じゃが、伊波に宛てた報告に、そういった経緯は、なにも書かれていなかったようじゃが」

「手柄を独り占めするような魂胆ではございませぬ。ただ……、もう一方の……、他藩にも関わることだけに、あまり詳しくは知らせぬほうがよかろうか、と愚考したまでのこと。いけなかったでしょうか」

「いや、それでよいのじゃ。本多中書家のことは、わしとて、誰にも漏らしてはおらぬ。これからも、その方針を貫いてもらえればよい」

(賢い男じゃ)

松田は勘兵衛のことばに、心から満足していた。

ことは、微妙な御家争いに関わっている。

松田は、それを利用しようとしたのであるが、勘兵衛がそれに気づかないような鈍感な男だと感じていたら、話ははじめからちがったものになっていただろう。

だが、もう一歩、松田には踏み込んで探ってみたいことがあった。

「で、具体的には、どういうことになっているのだ」

「と申しますと？　手蔓のことでございましょうか」

「さよう。一応のことを、わしの耳にだけは入れておいてほしい」

「は。まずは、旧臘《きゅうろう》の半ば過ぎのことでございますが、本多中務大輔政長の家老で、都筑惣左衛門の用人という、日高信義を名乗る者が接触をしてまいりました。で、その日高より、本多出雲守家中で御書物役の、別所小十郎という者に引き合わされました」

その別所が偶然にも、情報を得ようと潜り込んだ、松田町にある小野派一刀流の高山道場で同門であったこと、さらには、そこの道場主が、中務大輔家に出稽古に出向いているようだ、というようなことを勘兵衛が説明した。

「それだけか」

「はい。それだけでございます」

言って勘兵衛は、口を真一文字に引き結んだ。

「そうか」

実は松田は、もっといろいろなことを知っている。

あれは昨年の十一月二十三日のことであったが、幸橋の本多中務大輔家留守居役に面談に向かったところ、日を置かずして、再度ご来駕ありたい、との書状が届いた。そこに留守居とともに松田を待ち受けていたのが、家老の都筑惣左衛門である。

そこで交換条件として出されたのが、中務大輔家内部の事情である。要は、山路亥之助に関して協力をするかわりに、こちらにも協力をしてほしい、ということで、本多両家の誰にも知られていない落合勘兵衛という存在は、あちらにもよほど魅力的な存在として映ったらしい。

（勘兵衛ならば、うまく立ちまわってくれるのではないか）

そんな期待もあって、

――ま、それは落合勘兵衛本人が決めること。拙者は知らぬことにしておきます。

と松田は、相手に言質《げんち》を与えぬ返事をしたものだ。

すると今年になって、都筑惣左衛門から茶の誘いがあった。で、都筑が言うには、

――無茶の勘兵衛、などとおっしゃるから、いささか心配いたしたが、聞けば若いに似合わず、なかなかの人物とか。よい御家中を持たれて、うらやましゅうござるぞ。

――ははあ、なんぞ、役に立ってござろうか。

――さて、まだ、なんとも申し上げられぬがな。

というような会話があった。

つまりは勘兵衛は、都筑が出した交換条件を受け入れたようだが、そのことを一切、口にはしない。

(こやつ、すべてを一身に呑み込む肚《はら》だな)

ならば改めて釘を刺す必要もない。松田が、もう一歩踏み込んで確かめたいこととは、そのことであった。

松田はこれまで妻も娶らず、子もいない。できれば将来、この勘兵衛を自分の後釜にしたいものだが、などと考えながら松田は、

「ところでな」

「はい」

「これからの話が肝心なのじゃが、実は、そなたに役宅を用意した」

「え？」

さすがに勘兵衛は、驚いた声になった。

「というて、今の居候をやめろと言うのではない。だが、そなた一人にては、なにかと手に余ることもあろうと思うてな」

「はあ」

「ついでに若党一人と、飯炊きの下男も選ばせてもらった。そなたは立派な百石取りだ。手足として使える従者を持っても、なんの不思議はない」

「それは、また……。いや、昨年、大野を出るときに、父もそのようなことを申しておりましたが……。いや、あまりに突然のことで、正直、驚いております」

「それはそうだろう。まあ、勝手に決めて悪かったが、若党も、飯炊きのほうも身元は保証する。いずれも心利《き》きたる者ゆえに、なにを打ち明けても、またどのように使おうとも、そなたの思いのままにな」

「それは、まことにありがたいことですが、で、その役宅というのは、この屋敷内でございましょうか」

「馬鹿を申せ。ちゃんと町家を借りておいた。それも［高砂屋］から近い浅草猿屋町にな」

「猿屋町といえば、たしかに近うございますが……いったい、そういったことが許されるのでしょうか」

「うむ。町宿《ちょうしゅく》というてな。屋敷内が手狭になって、家族で町家を借りる藩士は珍しくはない。どこの藩でもやっていることだ。ちなみに町宿だからして、かかりは心配せずともよい。ただ、若党と下男の俸給は、そなたが払わねばならん」

「………」

勘兵衛は、少し心配そうな顔になっている。

「まあ、俸給のことは心配するな。そなたの役職は江戸詰の御供番であるが、それに、俸禄以外の役料がついているのは知っておろうな」

「はい。年に二十俵の役料がついております」

「いや、それとは別じゃ。そなたはまだ知らんだろうが、江戸詰めには、それに加えて年に十両の手当がつく。なにしろ、こちらは物価が高いからな」

「さようでしたか。まことにありがたきことで」

「だからの、若党には年に五両、飯炊きには二両くらいはやってくれぬか」

「わかりました。仰《おお》せのとおりにいたします」

勘兵衛は一瞬、安堵した顔つきになり、すぐまた表情を引き締めた。

このとき松田にはわからぬことだが、勘兵衛は次のようなことを考えていたのである。

武士にとって、金は卑《いや》しむべきものとされていた。勘兵衛も父から、そのように教育されている。

〈武士は食わねど高楊枝《たかようじ》〉なのである。金の話にあまり関わりたくはなかった。

だが、松田はなおも続ける。

「それから、ま、無尽蔵とはいかぬが、例の伊勢屋のほうからな」

「はい」

「必要な金子は、遠慮せずに引き出せばよい。それはそれで別口じゃからな。なにしろ苦労の多い役目じゃ。動こうとすれば、まずは先立つものがなければ話にならぬ」

言うと、勘兵衛は、じっと松田を見つめてきた。目が少し赤くなっている。

「ん……、どうした」

「はあ、なにかと……、その……、お心くばり、まことにかたじけないことでございます。ところで、その若党と、飯炊きには、いつ引き合わせていただけますか」

「おう。そうであったの。いや、実はもう、猿屋町の町宿のほうに、行っておるわ」

「…………」

「部屋を隅々まで掃除して、そなたがいつきてもよいように、準備を整えておろう。若党の名はな、新高八次郎《はちじろう》というて、昨年に元服を終えて、十六歳になったばかりじゃ。飯炊きのほうは長助で、そろそろ五十に近い」

「新高……八次郎、と申しますと……」

「おう。実は我が用人の次男坊だ。長男のほうは八郎太というて、すでにわしの若党になっておる。で、長助というは、実はわしのところで長らく働いていた者だ。なかなかにうまい飯を炊くし、世知《せち》にも長《た》けておる。押しつけるようで悪いが、いずれも信用のできる者たちだから、なにぶん、よろしく頼む」

「いや、こちらこそ、ありがたきことで。では、さっそく、御用人の新高さまに、ご挨拶を申し上げねばなりませんな」

「なに、新高のほうが、そなたに挨拶をしとうて、先ほどより首を長くしておろう」

次男の八次郎を勘兵衛の若党にどうだ、と松田が打診したとき、新高陣八は、

——それは、まことでございますか。いや、あの方にお仕えできるのなら、倅にとっても、これ以上の幸せはございません。無茶勘さまは、いずれは大物になられるお方と、この陣八、ずっと以前から睨んでおりましたからな。

と大喜びしたものだ。

そしていまごろは、襖の向こうで、首尾はどうかと待ちくたびれているはずだった。

その陣八を呼ぶべく、松田は、両手を高く鳴らした。

2

愛宕下の屋敷を辞去したあと、

（ついに俺にも、奉公人ができた）

喜びに胸を昂《たか》ぶらせながら勘兵衛は、新しく役宅が用意されたという、浅草猿屋町へと足を急がせた。

（いや、待てよ）

新橋にさしかかったころ、勘兵衛はふと足を止めた。

（このように、浮かれていてはならぬ）

はしゃいで、従者たちに侮《あなど》られてもならぬし、なにより、なにゆえこの時期に、松田が勘兵衛に役宅を与え、二人もの従者を斡旋してくれたのか。それに、今の居候をやめろと言うのではない、とも言われた。

そのことをじっくり考える必要がある、と思ったのだ。それには、自分のお役目が関連しているはずだった。

あのとき松田さまは――。

〈そなた一人にては、なにかと手に余ることもあろうと思うてな〉

と……。

そして――。

〈いずれも心利《き》きたる者ゆえに、なにを打ち明けても、またどのように使おうとも、そなたの思いのままにな〉

とも言われたぞ。

その意味を十分に考え、今後、その従者たちを、どのように使っていけばよいのか、まずはしっかりと、思案をしておかねばならぬ。

そこに思いがいたって、勘兵衛は踵《きびす》を返した。

（まずは、初心に戻ろう）

はじめて江戸の土を踏んだとき、勘兵衛は、ここから海に出た。あの海を眺めながら、熟慮するつもりだった。

やがて現われた汐留橋の先には塩問屋があり、河岸には漁船が舫《もや》われている。それを左手に見ながら堀端を進む。

やがて見覚えのある甲府宰相の浜屋敷があり、その南の潮入地は、ずいぶん干拓が進んだものの、まだ埋め立ては続けられている。

元は海だったはずの空き地を、浜辺に向けて勘兵衛は進んだ。

茫茫と広がる海が、目前にあった。

勘兵衛は、胸一杯に潮風を吸い込み、しばし海を眺めた。

それから、浜辺に転がっている材木に腰を下ろし、まずは、父からの手紙を取り出した。

これといって、たいしたことは書かれていない。

みんな元気でやっている。弟の藤次郎も十六になったので、五月五日の端午《たんご》の日を選んで、元服をさせるつもりだ、などと続けられ、姉の詩織にも息子が生まれた、と書かれていた。

そうか。藤次郎は、もう十六になったか、それに、自分は叔父になった。

ふと、自分の若党になった新高八次郎が、弟と同じ年であることや、名までが少し似ていることに気づき、不思議な因縁のようなものを感じ、海の彼方に視線を移した。

それから、どれくらいがたっただろうか。

陽は高く、頭上にあった。

(そろそろ昼時か)

勘兵衛はゆっくり立ち上がり、袴の裾を払ってから、悠然と足を運びはじめた。

和泉橋と浅草橋の間にある新シ橋を渡って真っ直ぐに進む。加藤織部屋敷の手前を右に曲がるとき、ふっと梅の香が漂ってきた。

この、向こう柳原から猿屋町への道は、大名屋敷の間を抜けてジグザグにつながる道で、俗に〈七曲がり〉と呼ばれている。

鳥越川南岸にある猿屋町は、越後の国の舞太夫、猿屋加賀美太夫が住んでいたことからついた名であるが、勘兵衛がわざわざこの道を選んだのには、理由があった。

役宅ができたけれども、勘兵衛は、このまま［高砂屋］に居候を続けるつもりだ。役宅のありかを知られてはならぬ……、というほどのこともなかろうが、用心に越したことはない。

［高砂屋］の南に大円寺と閻魔《えんま》堂があって、その天王町から猿屋町へ道がつながっているが、その道は使わずにおこうと決めている。新高八次郎にも、飯炊きの長助にも、そう申し渡すつもりでいた。

〈七曲がり〉とはいうものの、五度曲がったあたりが猿屋町である。鳥越川に架かる甚内橋というのがあって、手前の広い一画がそうであった。

ここに、加賀美稲荷というのがある。その稲荷裏に、役宅はあるらしい。家主は［常陸《ひたち》屋権兵衛］という、諸国の酒を扱う酒屋だと聞いた。

はじめてやってくる勘兵衛のために目印として、軒下に大野特産の里芋を網袋に入れて吊るしてあるそうな。

酒屋横に路地口の木戸門があって、住人の表札が上がっているが、それらしい名はなかった。首をかしげながらも路地を進んでいくと、突き当たりに、それを発見した。

路地の左片側には、棟割り長屋が並んでいたので、

（さては、裏店か）

と思っていたら、存外に広い一軒家であった。小さいながら、枝折《しお》り戸もついている。

戸口から玄関まで敷石があり、左右に植え込みと灯籠が配されていた。あとで聞いた話では、ここは、亡くなった酒屋先代の隠居部屋であったそうだ。

「ごめん」

戸口から声をかけると、内部から足音が近づいてきた。

3

三日後の昼下がり、勘兵衛は若党の新高八次郎と連れだって、〈七曲がり〉を向こ

う柳原のほうへ歩いていた。うらうらとした春の午後である。

勘兵衛が猿屋町の家まで迎えに行ったときから、八次郎には、どこか物怖《ものお》じするような態度が見えた。理由はわかっている。

そこで気分をほぐしてやろうと、これまでの来し方について尋ねた。

「そうか、八次郎は大野生まれか」

「はい。九歳の夏四月に江戸へきて、それ以来ずっと江戸でございます」

「なるほどな」

七年前の四月、親友の伊波利三と別れた日のことを勘兵衛は思いだしていた。

その日は、まだ左門と呼ばれていた松平直明が、江戸へ向かった日であった。傅役だった松田与左衛門とともに、その用人である新高一家も江戸へと出たのであろう。

「すると、ずっと藩邸暮らしだったのか」

「いえ。わたしたちは愛宕下から近い、善右衛門丁というところに町家を借りて、父が非番の日に帰ってくる、という暮らしでございます」

「ああ、そうだったのか。して、母御はご健在であろうな」

「はい。おかげさまで。今度のことを、とても喜んでおります」

「そうか。ときどきは、顔を見せてやれ」

勘兵衛自身は遠く家族と離れて、顔を見たくともかなわない。

八次郎は、勘兵衛よりわずかに背丈が足りぬ分、肉づきの点で勝っていた。その点は父の陣八に似たのだろうが、といって太っているというのではない。

顔だちは、特に下顎が頑丈そうで、目が丸い。弟とは似ていないにもかかわらず、勘兵衛はなぜか、弟と一緒に歩いているような気分であった。

「ところで……」

八次郎が、言いよどむ。

「ご来旨のほどは、その……、よくわきまえたつもりでございますが……」

「うん。それで？」

「早い話が、わたしには、俳諧など、とんとわかりません。それで、お役に立つのでしょうか」

「そう案ずるほどのことはない。歌道のさわりくらいは習ったことがある、と言ったではないか」

「それは、まあ、しかし、ほんとうにさわりだけで」

八次郎が尻込みする気持ちもよくわかる。なにしろ、これから八次郎を、俳諧師のところに入門させようと、勘兵衛はもくろんでいるのだ。

「それで十分。だからこそ、入門するのではないか。それに、これから引き合わせようとするのは、おまえより二つも年下だ。それで立派に門人となっている。そんなに心配をすることはない」

「ははあ……」

八次郎を入門させる先は、あの本町河岸の高野幽山のところである。

先夕、片岡道因の跡をつけた勘兵衛は、偶然にもそこへ、本多出雲守の家臣が入っていくのを目撃している。

それを「和田平」の席で報告したところ、別所小十郎によれば、御奏者役の原田九郎左衛門という人物ではないか、と言った。

そこで勘兵衛は、八次郎を高野幽山のところへ送り込み、道因と原田の間のことや、ほかにどのような人物と接触しているか、などを探らせようと考えたのだ。

一方、山路亥之助の風体や、特徴のある頬の傷なども教えて、飯炊きの長助には、できるかぎり本多出雲邸のまわりをうろつき、それらしい男に出会えば、跡をつけるようにも指示しておいた。

できれば道因の倅の太郎兵衛や、江戸家老の深津内蔵助のことなども探りたいが、とてもそこまでは手がまわらなかった。

〈七曲がり〉を抜け、すでに柳原土手に出た勘兵衛が、道を東にとろうとしたところ、

「あ、元吉原の堺町ならば、こちらからのほうが近道になりましょう」

言って八次郎が選んだ道は、和泉橋手前にある番所から、南に坂を下っていく道であった。江戸育ちだけあって、八次郎は江戸の地理に明るい。

小伝馬の牢屋敷前を通過したあたりから、人通りがぐんと増してくる。行く手には寄席や人形浄瑠璃、小屋掛け狂言の幟《のぼり》がはためき、にぎやかな呼び込みの声も聞こえてくる。

きのう勘兵衛は、堀江町あたりを聞きまわり、膳所藩御殿医という竹下東順の家を探し当てた。あの、やたら派手な衣装の少年に会うためだ。

そして、きょう、楽屋新道の掛け茶屋で待ち合わせることになっていた。

「もう一度念を押しておくが、おまえは俺の弟、ということで押し通すからな」

「わかっております。名は、落合八次郎」

ここまできて、やっと覚悟がついたか、八次郎は大きくうなずいた。

竹下少年に自分の身元までは明かしていないが、自分の若党に俳諧を習わせたいなどというのは、いくらなんでもまずかろうと、弟、という方便にした。

八次郎には、もし高野幽山に身元などを聞かれたときは、越前大野藩江戸詰、落合

勘兵衛の弟と、堂堂と答えよと言い含めている。

もしそれで亥之助に伝わるのなら、高野幽山の家が一種の賊巣と特定できるし、新たな動きを喚起するきっかけともなる。そんな期待もあった。

先夜とは逆方向から楽屋新道に入り、勘兵衛は笑いを噛み殺しながら、八次郎に言った。

「ちょっと変わった風体の少年だが、驚くなよ」

「は?」

八次郎は、首をかしげた。

はたして竹下少年は、掛け茶屋の、あの奥の座敷から、

「よう」

勘兵衛を認めて、手を挙げた。

肩には雲に昇り龍を染め、龍の尻尾が袖に続くといった振り袖姿である。

勘兵衛が、そっと傍らの八次郎を見れば――。

やはり八次郎の丸い目が、もうこれ以上は開けぬ、と思えるくらい大きく見開かれていた。

「や、お待たせいたしたかな」

言って、勘兵衛は近づいた。

竹下少年は、早くも、あぶりうるめを肴に酒を飲んでいた。

4

竹下は、きのうのうちに高野幽山に話を通してくれていて、すでに八次郎の入門は許されているという。

「じゃ、さっそくにも行こうか」

暫時の雑談のあと、竹下がうながした。

「うむ。それでは弟を、よろしくお願いする」

「なんだ。落合さんは行かんのか」

「俺が入門するわけではなし。兄弟で雁首《がんくび》を揃えることもないだろう」

「まあ、それは、そうだ」

竹下は、あっさりうなずいた。

「束脩《そくしゅう》（入門金）は、きのう聞いた額でよかったんだな」

「上等、上等。それほど金を取れるほどの宗匠じゃあ、ないわさ」

本気とも冗談ともつかぬ口ぶりで言う。もうしばらくは、ここに残る」

「じゃ、ここは俺が払っておく。

「おう、それは、すまんな」

竹下が立ち上がると、振り袖の裾のほうからは、虎が哮《たけ》って肩の龍を睨みつけていた。

八次郎は、ちょっと情けなさそうな顔になって、掛け茶屋の入り口までに二度振り向いて、結局は竹下のあとを追っていった。

（それにしても、あの竹下……）

最初に出会ったときは、おかしな男と思ったが、いや、やはり十分におかしな男ではあるが、どこか憎めない。不思議な俠気《おとこぎ》を感じさせもした。

勘兵衛がこの掛け茶屋に、こうして一人残ったのはほかでもない。

きょうが〈先勝〉の日にあたるからであった。まだ多少早すぎるため、［和田平］までの時間つぶしをしようというのである。

きょうの掛け茶屋も、相変わらずがらんとしている。土間の席で、地回りらしい男が二人、顔を寄せ合って、なにやら話をしているだけであった。

そんな勘兵衛と視線が合って、先日の小女が近寄ってきた。

「お侍さんは、若先生と友だちかい」

「いや、友だちというわけではないが、ちょっとした知り合いだ」

「そうなのかい」

ちょっと不服そうな顔になった。

「友だちなら、なにかあるのか」

「いえさ……」

ちょっと首をかしげた仕草は、まだ少女のものだった。

「友だちなら、もう少し酒を控えるように、意見してもらおうと思っただけさ。今からあんなに飲んでたら、長生きできないよ。きっと」

本気で心配しているらしい少女に、

「よしよし。じゃあ、機会があれば、じっくりと意見をしておこう」

「ほんとだよ。ところで、新しいのを持ってこようかね」

ちゃっかり、酒の注文をとって小女は勝手のほうへ走った。

夕刻になり「和田平」へ行くと、

「三角さまは、まだですが、四角さまなら、きてはりまっせ」

ことばを改めようとしながら、つい上方のことばも出てしまう女将が、相変わらず、男たちの稚気を冷やかすような口調で言う。

二階座敷には別所がきていて、すでに小鉢で酒を飲んでいた。

「やあ、丸どの。まずは一献」

自分の盃を渡して、銚釐を持ち上げた。

すでに楽屋新道で、少し飲んできた勘兵衛ではあるが、自分でも不思議なほど、顔には出ない。けっこう酒に強いのである。

というより、

（自分は、酒好きかもしれぬ）

と思いはじめている。

普段から度を過ごさぬように自重はしているが、飲めば、うまい、と感じるようになっていた。あるいは、この［和田平］の料理に出会ってからのことだったかもしれない。

女将の小夜に勘兵衛は、会合以外でも自由にここへくるようにと勧められ、ふと、そうしたい気持ちに襲われることもあるのだが、小夜が決して金を受けとるまいと思えるため、やはり遠慮が先に立ってしまう。

「いや、まことに心苦しいというか、丸どのには申し訳なく思っているのだが……」

別所が謝っているのは、まだ一向に、亥之助の消息をつかめぬからだ。

「で、丸どののほうには、なにか変わったことはござらぬか」

「いえ、その後は一向に」

実は、きょう、八次郎を高野幽山のところへ送り込んだのであるが、そんなことはおくびにも出さない。

勘兵衛と別所は、雑談を交わしながら料理を食い、酒を飲んだ。

六日に一度のこの会食を、勘兵衛は少し楽しみにしはじめていたが、案外それは、別所も同じかもしれない。

その雑談からわかったところでは、この別所小十郎は、父親の代に大和郡山藩に仕官して、郡山に生まれ育っている。いわゆる〈新参衆〉であった。

やがて小十郎に、家塾で一緒だった同年の、無二の親友ができた。〈譜代衆〉の家に生まれたその友が、嫡庶の順を侵している大和郡山藩の実情を説いたため、大いなる影響を受ける。

そしてその友は、派閥の抗争に巻き込まれ暗殺されてしまった。十年ばかり前だという。

――まあ、そういったいきさつがござってな。

〈新参衆〉でありながら、〈譜代衆〉に肩入れしている理由を、別所はそのように語ったのち、

――いや、もう遠い昔のことであるからして。普段は、思いだしもせぬ薄情な友でござる。しかし、我に嬉しきことなどござったとき、ああ、あの友ならば、ともに喜んでくれたであろうと、ふと、あやつのことを思い出すのでござるよ。友というは、畢竟《ひっきょう》、そういったものでござろうかの。

喜びに出会って、友を悼《いた》む――。

そう坦坦《たんたん》と語る別所を、

(このひとは信頼できる)

勘兵衛は、はじめて確信できたのであった。

半刻ほどのち――。

「やあ、やあ、遅くなって、すまんの」

日高老人が、ようやく顔を見せた。

「いや、近ごろ、にわかに多忙になり申してな。もう、ばたばたと走りまわってござるわ」

春宵の道を急いだか、額の汗をぬぐう日高に別所が尋ねる。

「なにごとか、ございましたか」

「いやいや、ほかでもござらぬ。屋敷替えでな」

「それはまた……。いずこのほうへ」

「それがの。元の柳原屋敷じゃ。というても旧地は新道で分断されておって、新道の向かい合わせに二ヶ所に分けて、八千坪ほどの屋敷地を賜わったのじゃ」

「ほう。それは、また。ずいぶんと広うなられますな、さては水戸殿ゆかり、御養子のご威光でござろうな」

「かもしれぬ。したが、ありがたきことなれど、まあ、痛し痒しのところもござってな。来年の、政長さまのご参府までに間に合わせようと、てんやわんやとしてござる」

「そういえば、我らのほうにお暇《いとま》が出るのは五月に入ってからですが、政長さまのお国帰りも、もう間もなくでございましたな」

　別所が言った〈暇〉とは、参勤交代で国帰りするにあたっては、その都度、幕府に〈伺い〉を出して〈暇〉をもらうことを意味している。逆に参府に際しても、いろいろと面倒な手続きが必要だった。

「さよう。こちらがお暇をいただくのは、いつも四月半ばとなっておるのだが……。まあ、あれこれ、そういったことも重なって、走りまわってござるのよ」

このとき日高老人は、ちょっとことばを濁したのであるが、勘兵衛はそれに気づかなかった。

(そういえば……)

勘兵衛の藩主である松平直良公も、この四月に大野に帰るのだな、と考えていた。

この三月末から四月にかけて、国帰りをしていた東国大名たちが、続続と参府してくる。それと入れ替わりに西国大名たちが国帰りをするのであった。

5

そのころ、幸橋門外にある本多中務大輔屋敷の家老役宅で――。

「そうか。お許しが出たか……」

筆頭家老の都筑惣左衛門が、手元役の岸井半内を前に渋面を作っていた。

渋面の理由は、ほかでもない。

夏四月に迫った、国帰りのことである。

（思えば、次次と難題が降りかかる……）

長い闘いの末に、ようやく分割ながら本多政長を大和郡山藩の藩主としたのが、わずかに三年前であった。だから、政長の藩主としての国帰りは、今度が二回目になる。

最初は二年前の四月十四日、江戸出立の日に大安を選んで、大和郡山まで大名行列を押し立てた。

今年の四月十四日も大安であったから、参勤交代には、その日を選んで準備を進めてきた。

ところが……。

——近ごろどうも、腰がだるくてかなわぬ。今回は、帰途に熱海に立ち寄って、湯治をしたいので、よしなに頼む。

藩主の政長が、そんなことを言いだしたのが、今年になってからであった。

これは難題である。

なぜなら、同時期に西国大名たちが江戸を出て、各街道筋はにわかに色めき立つ。大和郡山まで、江戸より十六日間の日程を組んで進む東海道筋も、その例外ではなかった。

その行程で、大名が宿泊するのは各宿場町の本陣、あるいは脇本陣で、他家と相宿《あいやど》となならぬように、一年も前から予約を入れている。

それが、旅程を変更して、途中に熱海の湯治を入れるとなると、根本から計画が狂ってしまう。まずは不可能であった。

そこで都筑は、そういった事情を藩主に縷縷《るる》申し述べたのであるが、

——なんとかせえ。

それが政長の答えであった。

となると、方法はひとつしかない。

予定では、一日目に神奈川、二日目に小田原、三日目に三嶋と宿を組んでいるが、三嶋から先に予約している本陣はそのままに、江戸の出発を早めて、湯治の日にちを稼ぎ出すしかなかった。

とまあ、一口でいうと簡単だが、これがなまなかなことではない。

徳川家康や家光に愛され、〈将軍の湯〉として有名となった豆州《ずしゅう》熱海村であるが、その実、人口はわずかに九百人、湯戸二十七軒、百姓七十六軒、水呑三十九軒、医者一軒で総戸数が百四十三軒しかないという、小さな村なのである。

そのうち本陣は今井半太夫、脇本陣として渡辺彦左衛門の二軒があるが、これに予約が入っておればどうにもならぬし、また小田原までの本陣の手当が不調なら、これ

またどうにもならない。

（まずは、無理であろう）

その点だけを政長に納得させ、いざ、仮手配をさせてみると、こりゃなんということか、江戸出立を四月七日に早めれば、熱海の渡辺脇本陣で、七日間の湯治が可能になってしまった。

といって小さな村であるから、大名行列の供揃えが、すべて熱海の湯宿に逗留するのは無理であった。すると、熱海へは隊を分割縮小させて、残りは三嶋宿あたりで待機させる必要がある。

実のところ都筑は、なんとか、この話がつぶれてほしい。

というのも先の参勤交代では、政長が藩主として初の国帰り、続いて初の参府ということもあって、行列も美美《びび》しく、供揃えも充実させたため、予想外の費《つい》えがかかっている。

さらに、昨年暮れには御養子を迎え、くわえてこのたび、屋敷替えの沙汰もあった。

都筑は勘定役ともども、費用の捻出に頭を痛めているところである。

（ここは一番、覚悟を決めて、殿をお諌《いさ》めせねばならぬ）

とも考えはしたが、都筑が藩主に対して、熱海行きを強く反対するのをためらう理由が、二つあった。

政長は幼少より郡山城内にて、押し込め同然に育ったため、ひどくねじくれた性格になっている。

これは昨年に起こった事件だが、姫路以来、都筑とともに政長を擁立して闘ってきた国家老に日高右衛門兵衛という同志がいた。

ちなみに都筑の用人の日高信義は、この国家老の遠縁にあたる。

さて日高右衛門兵衛は、四十歳を過ぎても子のできない藩主と藩の行く末を心配し、さらには仇敵として対立している本多政利との関係も熟慮した結果、政利を政長の養子としてはどうか、という案を出してきた。

そうすることで過去のいきさつを水に流し、さらには大和郡山藩の安泰を考えた、政治的判断であったろうと、都筑は思う。

ところが、これが藩主の怒りを買った。

いきなり、国家老に閉門を申しつけてしまったのだ。

都筑自身としても、日高右衛門兵衛の案には賛成しかねたが、なにも閉門まで申しつけることはなかった、と思っている。なにより、四十年にもわたって、陰に日向《ひなた》に政長を擁立してきた忠臣ではないか。

〈その儀は、受け入れられず〉

そう、ひとこと言えば、すんだことである。

それを政長が閉門にした。

おそらく、国家老も、もはや、これまでと思ったのであろう。あるいは自分が必死に支えてきた政長に、心底、愛想が尽きたのかもしれない。

政長は子作りに励むどころか、気に入りの小姓や、へつらうことしか知らないお抱え狂歌師などを身辺に侍《はべ》らせて、日夜戯れているような暗君なのであった。

日高右衛門兵衛は閉門の沙汰を受けると、あっさり大和郡山藩を致仕して、いずこかに消え去ってしまった。

そんな事件のあとである。

あれ以来、こぞって政長への忠誠を誓ったはずの同志たちも、ややもすれば、士気が低下してきたきらいがあった。

だからこそ、今ここで、都筑が頭ごなしに政長を諫め、藩主と江戸家老の対立を家中に印象づけることはできなかった。

さらにもうひとつ、都筑には、最後の砦というか、保険というか、まず今回の熱海行きは立ち消えとなるであろう、という読みがあった。

その根拠はある。

すでに幕府には、この四月十四日に〈暇〉をいただく旨は届け出られて、許しを得ている。

それを今度は、病気療養、を理由に、熱海湯治のため出発を早める、といったことが可能かどうか、懇意の老中である稲葉美濃守正則《まさのり》に使者をもって打診した。

その返事を、きょう、手元役の岸井半内が持ち帰ってきた。

参勤交代の期日というのは厳正なものであったから、まずは許しが出るはずはない、と踏んでの打診であったのに……。

(許しが出てしまったか)

常づね、藩主に同情的だった稲葉美濃守が頑張ってくれたのか、それとも御養子に水戸家の係累を迎えたためか、あっさり許可が出てしまい、都筑は、いつまでも天井を仰いでいた。

(ふむ、しまった!)

次に都筑はあることに気づき、ぽんと手で自分の額を打った。

それを見た岸井半内が、驚いたような顔になる。

「ぬかったぞ、半内。熱海は近ごろ、稲葉さまの支配地ではないか」

老中の稲葉は小田原藩の藩主である。伊豆一国は天領地で代官支配地であったが、小田原から熱海までの根府川《ねぶかわ》往還は、根府川の関所も含めて、近ごろ小田原藩支配になっていた。

都筑にしてみれば、老中としての稲葉正則に伺いを立てたつもりが、稲葉のほうでは、自分の支配地としての熱海滞在の打診と取って、便宜を図ってくれた可能性が高い。

（わしも老いたな）

早く倅に家督を譲り、引退の時期かもしれぬと都筑は本気で思っていた。

6

落合勘兵衛が［和田平］を出たのは、五ツ半（午後九時）に近かった。

日高と別所は、町駕籠を呼んで帰るが、勘兵衛は徒歩と決めている。

いつものように女将が提灯を持たせようとしたが、この夜は半月で、空も晴れていた。

「これだと大丈夫でしょう。お世話になりました」

戸口まで女将に見送られて勘兵衛は、柔らかな月光に満ちた道に足を踏み出した。もう人影は絶えている。

東に堀留川、西に浜町川の入り堀に挟まれた街区を、大門通を横切って進むと新大坂町で、ちらほら灯りを漏らす店は、このあたりに多い生花店である。早朝から仕入れにくる振り売りに対応するため、夜っぴて準備をはじめているのだ。

巨大な飾り玳瑁《たいまい》を軒下に掲げた、べっ甲屋の前を通りかかったときだった。

勘兵衛は、ぴたりと足を止めた。

なにやら、人が走りまわる足音がする。それも、一人や二人の足音ではない。

そのとき月が雲に隠れたか、にわかに闇が立ちこめ、勘兵衛は前方に目を凝《こ》らした。

と——。

乱れた足音が急に高まってきたと思ったら、突如、十間（一八㍍）と離れていない横辻から、二つの黒い影が飛び出してきた。

辻の奥には、朝日稲荷があるはずだ。

影二つは、最初、勘兵衛のほうに向かおうとしたらしいが、そこに人影があるのに気づくと、逆に西へと方向を変えた。そのあとから、また飛び出してきた人影が三つ、あとを追う。

その手に、夜目にも白く白刃がきらめいていたのを勘兵衛は見た。

追うほうも、追われるほうも、ひとことも発しない。重い足音と、獣めいた荒い息づかいだけが、あとに残った。

（なにごとか……）

勘兵衛も、足を速めた。

道は入り堀で、行く手を遮《さえぎ》られる。のちには千鳥橋が架けられるが、このころ、ここに橋はない。人影は堀沿いの河岸を左に消えていった。

勘兵衛が河岸に着いたとき、雲から月が顔を出した。

数丁ほど先で、堀を背に、五人の男たちに二人の男が遠巻きに囲まれている。別動の二人に行く手を阻《はば》まれたものと思われた。

取り囲んでいるのは、やくざふうの男たち四人に、浪人者一人。男たちの陰になって、囲まれているほうは、よく見えない。

やくざたちは、手に手に刃物を握っている。

今しも、やくざ者たちの用心棒と思われる浪人者が、すらりと刀を引き抜いた。

堀川の水路だけが、白い光を放っていたところに、白刃のきらめきがくわわった。

「待て！」

勘兵衛は、声をかけた。

やくざたちが、一斉に、こちらを向いた。

包囲網が乱れて、囲まれている男たちが見えた。一人は商人ふうで脇差しを構えている。もう一人は浪人らしい。こちらも刀を平青眼に構えていた。

(お!)

勘兵衛が目を瞠《みは》ったのは、その浪人が、高山道場で同門の、横田のように見えたからである。

「横田さんか」

思わず声をかけると、

「おう」

と返事はあったが、横田には、こちらが誰かはわからなかっただろう。

「お、仲間か」

「かまわねえ。やっちまえ」

やくざたちが口々にわめき、二人が勘兵衛のほうに向かってくる。

そのとき、やくざ側の浪人が刀を振り下ろした。

赫《かっ》!

横田の刃が、火屑《ほくず》を散らすのが見えた。

（ありゃ、危ないな）

第一撃は防いだようだが、剣の腕は横田のほうが劣っているように思える。

そのときすでに、勘兵衛に向かってくるやくざは目の前だった。一人は長脇差しを振りかざしている。

やくざ者らしく、ただ振りまわすだけの剣法に見えた。そこで上段から斬りかかってきたのを、すいと後ろに下がり、刀を振り下ろした利《き》き腕をとって、

「おい。刀を放さねば、自分で自分を突いちまうぞ」

言ってから、柔術の技で投げ飛ばした。

男の身体は宙で一回転し、その勢いのまま盛大な水音を立てて、堀に落下した。

「おっ、野郎！」

もう一人のやくざ者が、匕首《あいくち》で突っかかってくる。これも難なく躱した勘兵衛は、手刀で相手の額を強く撃ち、ひるんだところで利き腕をねじ上げた。

「てっ、てっ、痛え！」

ぽろりと匕首を落としたところを、思うさま腰を蹴りつけると、これまた、たたらを踏みながら堀へと落ちていった。

仲間二人が、たちまち堀に放り込まれたのを見て、残る二人のやくざ者が浮き足立っている。

だが用心棒らしき浪人者は勘兵衛には目もくれず、じりっ、じりっと、横田を追いつめにかかっていた。

勘兵衛は地に落ちた匕首を拾うと、

「おい、やめんか」

声で威嚇してから、ひょいと匕首を投げつけた。

「ちっ!」

用心棒は、からくも匕首を躱して舌打ちをし、

「引き上げるぞ!」

刀はおさめず後ろ向きに後退し、やがて小伝馬町のほうへ駆け去った。残ったやくざたちも、あとを追う。

堀に放り込んだやくざはと見ると、二人とも向こう河岸の船着場に這い上がるところであった。

「おう、落合さんだったのか」

横田が、ようやく勘兵衛とわかって近づいてくる。

「いや。助太刀のほど、感謝する」

言いながら、肩で大きく息をついている。

「いや。助太刀というほどのことはないが……。たまたま行き合ったものだから」

第一、勘兵衛は、刀など抜いていないのだった。

そこへ、商人ふうの男がやってきた。

「いや、危ないところをお助けいただき、お礼の申しようもございません。わたしは葭町《よしちょう》で割元《わりもと》を営む［千束屋《ちづか》政次郎］と申します」

まだ息の荒い横田に較べ、四十になるかならぬかという［千束屋］のほうは落ち着いている。声にも張りと力があった。よほど肚が据わっているようだ。

普通〈割元〉といえば、村役人の最上位のことをいうが、それなら、営むなどとは言わないだろう。

ならば人入れ稼業の侠客であろうか、と勘兵衛が思うのは、旗本奴《やっこ》と町奴との対立で有名になった幡随院長兵衛が、やはり〈割元〉であったからだ。

中間《ちゅうげん》奉公の仲介をしたり、大名のお手伝い普請や、旗本の義務人足を請け負ったりするのが〈割元〉で、〈寄子《よりこ》〉と呼ばれる人足とは、親分子分の関係で成り立っている。寄子は割元の家で衣食住の面倒を見てもらっているから、〈人宿〉とも呼ばれる。

だが近ごろでは、江戸では〈桂庵《けいあん》〉、上方では〈口入れ屋〉などと呼ばれはじめていた。

「いやいや礼には及びません。それより、先ほどの者たちは、何者でござろうか」

「ははあ、いや、見当はついてございます。まあ、商売上の行きちがいのようなものでございます。それで用心のために、外出の際にはこうして横田先生に同行をお願いしておったのですが、いや、あれほど大人数で襲ってくるとは、ちと油断をいたしましたな」

横田は、どうやら〔千束屋〕の用心棒をしているらしい。

「落合さまと、おっしゃいましたな」

横田が言ったのを聞いていたのだろう。

本来なら名乗らず立ち去るところだが、

「さよう。落合勘兵衛といいます」

「まことに恐縮ですが、もっときちんとお礼を申し上げたい。聞けば横田先生とも知己のご様子……。ぜひともこれから、我が家まで、ご同行をお願いできませんか」

「いや、そんな心遣いは無用でござる。それに、もう時刻も遅うござるゆえに」

「ははあ、やはり、ご門限でもござろうか」

政次郎は、勘兵衛の風体を見て、勤めを持った武士と見たのであろうが、ここで、これまで黙っていた横田が口を挟んできた。

「いや、落合さんは、高山道場で拙者と同門でな。剣の修行に江戸へ出てきておるんだ。たしか、浅草瓦町の［高砂屋］に居候しているんだったな」

「ほう、なんきんおこしの［高砂屋藤兵衛］さんのところでございますか」

「ご存じでござるか」

「はい、それはもう。あそこに、おたるという下女がおりますでしょう」

「ああ、おたるさん」

「その、おたるを［高砂屋］さんに世話したのが、わたしでございますよ。請け人にもなっております」

「ほう、それは奇遇でござるな」

まことに世の中は狭い、と勘兵衛は思った。

「と、なれば、いよいよ、このままには帰せませぬ。いや、なんなら［高砂屋］さんには、その旨の使いも走らせましょうほどに、ぜひ、ぜひ……」

「ははあ」

「それに、ここからの帰り道、まだ連中が隙を窺っているともしれません」

まだ迷っている勘兵衛であったが、ふと、あることがひらめいた。

（割元か）

中間、小者の武家奉公人を仲介する職業ならば、あるいは……と考えたのだ。

（仲良くなって、損はない）

「では、おことばに甘えまして……」

こうして勘兵衛は、葭町に向かうことになった。

葭町、というのは堀江六軒町あたりの俗称で、きょうの昼下がり、若党の八次郎を連れて、竹下少年と会った楽屋新道から二筋南である。

あたりは陰間茶屋の巣窟、と聞いていて、まだ足を踏み入れかねていたところでもある。

（どのようなところか……）

勘兵衛、少しばかり、わくわくもしているのであった。

三囲《みめぐり》稲荷

1

翌朝、勘兵衛は猿屋町に向かった

（きのうは、少し酒を過ごしてしまった……）

堺町の掛け茶屋で飲み、［和田平］で飲み、その後に葭町の［千束屋］で、また飲んだ。

さすがに頭が重い。

（これが、二日酔いというものか）

朝食も、あまり進まなかった。

（おしず……だったな）

［千束屋］には娘がいて、それが酒食の世話をしてくれた。母親を早くに亡くし、家の奥向きを切りまわしている娘で、十六歳だと紹介された。

そのおしずが、どこやら園枝に似ていた。園枝は、勘兵衛の初恋の相手である。歳まで同じであった。

初恋の女に似た娘の登場に、少なからず動揺したのかもしれない。思わず盃を重ねてしまったのだ。

夜のことと て、あまり詳しくはわからぬが、葭町には［千束屋］と同業の〈桂庵〉が多数あるらしい。

そのなかでも［千束屋］は群を抜いた規模のようであった。別棟に建てられた人宿には、常時、百人近い寄子たちが生活をしているという。

こうした人入れ稼業を、近ごろ〈桂庵〉と呼びだしたのは、木挽町《こびきちょう》に住む医師で大和慶安《やまとけいあん》という者が、男女の仲人口に力を入れて有名となり、ついでに就職の斡旋もはじめたからだ、と政次郎は言った。

――人入れ、とか、口入れ、とか呼ぶよりも〈桂庵〉のほうが、なにやらゆかしく感じられるからでしょうな。いや、それが悪いとは言いませんが、我が家は昔ながらに〈割元〉で通しております。

ということであった。

勘兵衛が猿屋町の家に着くと、さっそく若党の八次郎が迎えに出て、

「長助は、仰せ付けのとおり、頬に傷ある侍を捜しに出ております」

「おお、そうか。で、そちらはどうだった」

「はい、無事に入門を終えました。それから、なにやらいっぱいに……」

数冊の冊子を持ってきて見せた。

「俳諧の入門書ということでございます。それはまあ、押し売りも同然で……ずいぶんとふっかけられたように思いますが」

ちょっと憤然とした様子だ。勘兵衛は小さく笑った。

「まあ、よいではないか。よく学べ」

「はあ、それから毎日、輪講があるそうですが、いかがいたしましょうか」

「そりゃ、たいへんだな。まあ、頑張ることだ」

言うと、八次郎は情けなさそうな顔つきになった。

「連吟というのか、いや、連俳か。早くそういった席にも、出られるようにならねばならんからな」

でなければ、片岡道因や原田九郎左衛門にも近づけないだろう、と勘兵衛は思って

いた。

一方――。

(しかし、どうにも迂遠ではあるな)

とも思っている。

その後、勘兵衛は、高山道場を覗くことにした。一汗かいて、二日酔いを吹き飛ばそうと考えたのだ。

もしかして横田がきているか、とも思ったが、道場に横田の姿はなかった。

師範代の政岡と一緒に、在府の子弟たちを相手に稽古をつけ、中食をとったあとは、一旦、居候先に戻ることにした。

久しぶりに、二階の部屋から本多出雲の屋敷を見張ろうか、という気になっている。

若党の八次郎の話だと、近ごろ飯炊きの長助は、神田川口あたりに多い船宿の船頭あたりから、頬に傷のある侍を見たことがないか、と尋ね歩いているらしい。

(目のつけどころがいい)

と、勘兵衛は思っている。

だが、本多出雲守くらいの大名屋敷なら、自前の舟や船漕ぎ人足も抱えているはずで、亥之助はそれらを利用して出かけているかもしれない。長助の努力が実を結ぶかどうかは、疑問であった。

（そのような人足も、［千束屋］は斡旋するのか？）

ふと、そんなことも思う。

昨夜は初対面ということもあって、立ち入った質問は、まだ差し控えていた。

（近いうちに……）

葭町まで足を伸ばしてみよう、と考えながら瓦町まで戻った勘兵衛に、

「ああ、落合さま」

［高砂屋］の長男で、番頭がわりも勤めている喜十《きじゅう》というのが、ゆったり声をかけてきた。この家にきたとき、喜十にも引き合わされているが、ことばを交わすのははじめてのことである。

「はい。なんでござろう」

「いえ。落合さまがお出かけになったあとすぐに、葭町の［千束屋］の親分さんがお見えになったのでございますよ」

たしか年は二十六、ちょっとのっぺりした顔の喜十が、さも驚いたように言う。

「ほう」

きのうの、きょうであった。なにごとであろうか、と勘兵衛は首をかしげた。

「お聞きしましたが、落合さまは、とてもお強いそうで」

昨夜のことを聞いたらしい。

「いや、いや。それより、どんなご用であったのかな」

「いえ、それが、ずっとお待ちでございますよ」

「え」

なぜ、それを先に言わぬ、と勘兵衛は思う。喜十とははじめてことばを交わしたが、えらくおっとりした性格のようだ。

「待っているというて、もう、かれこれ二刻（四時間）以上になるだろう」

いや、もっとかもしれない。

「はい。お父っつぁんと、あれこれ話をしているようですよ」

「そうか。では、わたしは部屋のほうで待っておる」

言い置いて、二階の居候部屋へと向かった。

2

ほどなく勘兵衛の部屋へ、［千束屋］がやってきた。

政次郎が昨夜の礼を改めて述べ、勘兵衛もまた昨夜のもてなしを謝したあと、

「ずいぶんとお待たせしたようで、すまぬことでした」

「いえ、お約束をしたわけでもなし、こちらが勝手に押しかけてきたまでのこと。実は落合さまに、たってのお願いがございましてな」

「なんでござろう」

「失礼は承知で申しますが、ずばり、わたしの用心棒になってもらえぬか、と思ったわけでございますよ」

「そりゃ、無理だ」

驚くより、ことばのほうが先に出た。

「ははあ、やはり無理ですか。いやね。[高砂屋]さんからも、まず駄目でしょうと言われていたところなんですがね」

「…………」

「まあ、駄目で元もと、一応は自分の口からお願いをしてみようと思っただけのことで。はい。じゃあ、このお話は、すっぱりとあきらめましょう」

あまりあっさり引き下がられて、勘兵衛のほうが、かえって面食らう。

それで、つい、

「昨夜は、詳しいことはお聞きしなかったが、あのならず者たちに、心当たりがあるようなことを言っておられましたな」

商売上の行き違いとは聞いていたが、よけいなことに首を突っ込みたくなくて、敢えて聞かずにいたことだ。

「はい。おそらくは、日傭座支配《ひようざ》の安井長兵衛の息がかかった者たちでしょう」

「ひ、ひ、ひようざ……で、ござるか？」

「落合さまは、ご存じありますまいが、日傭座と申しますのは、日雇い人たちを取り締まるために、お上が九年前に設立しましたもので、箔屋町《はくや》の安井長兵衛と、辻勘四郎の二人がこれを請け負っているのでございますが、これが、なかなかに曲者でございましてな……」

明暦の大火後に、江戸の町再建のために地方から多くの労働力が流入してきたため、幕府は鑑札制をもって、これに対応した。

この鑑札は、[千東屋]のような元締めや、それぞれの頭が発行し、鑑札を持たない者は、仕事にはありつけない仕組みであった。

「道具も持たず、手に職のない鳶口《とびぐち》や背負《せおい》、手子《てこ》の者などは、身体ひとつが資本ですからな。仕事がなくなれば無宿者となって治安を乱すことになりまする。それが、鑑札制をはじめた理由ですし、我が家のように、百人からの寄子を仕事がなくとも衣食を保証してやる必要も、まあ、そのあたりからはじまったことでございますよ」

「なるほど」

「ところが、先に申しました日傭座というのができまして、ここの鑑札をもらわねば、日雇い人は働けない、と変わったんですが、いかんせん、その会所《かいしょ》は箔屋町の二軒きり、これで江戸じゅうの日雇いたちを牛耳ろうというのが、どだい無茶なんでございますがね」

それは、そうだろうなと勘兵衛も思う。

「それだけならいいんですが、この札銭が、仕事があろうがなかろうが月に二十四文でございますから、これは阿漕《あこぎ》でございますよ」

「なに、鑑札料を取るのか」

「はい。うまく年季奉公にありつけた者には、それほど負担ではなくとも、月に五日やそこらしか仕事にありつけない者には、これは痛手でございますよ。ましてや、住むところや食うものの保証もありません」

「しかし、まあ、なんだ。そちらの商売のことは、あまりわからんが、要は働き口を斡旋して、いくらかの口銭を取るのであろう」

「もちろんそれが稼業ですから、きちんと上前ははねさせていただいておりますよ」

「じゃあ、まあ、日傭座のほうでは、それが、月に二十四文の札料に化けたということになるんだろう」

「ご冗談を、それはそれ、まったくの別物でございますよ」

「なに、上前をはねたうえに、まだ札料を取るというのか」

「さようで。しかも日雇いたちだけではございません。江戸じゅうの振り売りからも、同じだけの札料を取っております」

「そりゃ、莫大な金になるではないか」

「年に百両がとこ、お上に上納金として出しておるようでございますがね」

「ふうむ」

なにやらきな臭い話だな、と勘兵衛も思う。

よってたかって貧乏人を食いものにしているような――。

「といって、お上に逆《さか》らおうなどと、大それたことは考えておりませぬ。ただ、日雇いたちにすれば、それでは暮らしてはいけず、近ごろでは一枚の札を数人で共有したり、なんとかしてくれろと泣きついてくる者が、だんだんに増えてまいりまして」

侠気《おとこぎ》を出した政次郎に、札料収入が激減した安井長兵衛が、やくざを使って脅しをかけてきた。

それを突っぱねてきた結果が、昨夜の襲撃に繋がったのだろうと、政次郎は笑う。

「いや、やくざ相手なら、横田先生で十分と安心しておったのですが、昨夜のようなことになりますと、ちょっと危のうございましてな」

そこで、勘兵衛を用心棒に、と考えたのですが、と政次郎は言って、

「落合さまのことは、すっぱりとあきらめますが、どなたか心当たりの、よいおひとはおりませんかな」

「さあて。わたしは江戸にきて、まだ半年にもなりませんから……そのあたりは、［千束屋］さんのほうが、お詳しいんではありませんか」

「そりゃ、そうですな。いや、多少、腕の立つ浪人者なら掃いて捨てるほどおるでしょうが、やはり人柄というものも、つい考えましてな。いや、さっそくにもほかを探してみましょう」

「お役に立てず、まことに心苦しいんですが、この件は、お許しください」

「とんでもないことで。それより、わたしでお役に立てることはございませんかな。自慢をするわけではありませんが、こう見えてもこのお江戸に、息のかかった者は千人やそこらではききませんぞ。大は大名家の奉公人から、小は横町の隠居の妾まで、

そりゃもう、お江戸のことなら、なんでもこの耳に入ってまいりますが……」

言って［千束屋政次郎］は、勘兵衛の目をじっとのぞき込んできた。

（さては……）

［高砂屋藤兵衛］が、なにか政次郎の耳に吹き込んだかな、とも考えたが、これに乗らぬ手はない。

「実は……」

「はいはい」

政次郎は、嬉しそうな顔になった。

「子細は申し上げられぬが、この［高砂屋］の向かいに、本多出雲守の屋敷がある」

「大和郡山藩分藩ですな」

「そうです。そこの江戸家老は深津内蔵助というのだが、その家来に熊鷲三太夫と名乗る者がいるそうだ」

「ははあ、熊鷲三太夫……」

「ゆえあって、その者を探している。背は五尺五寸ほど、わたしより三寸がとこ低い。目は切れ長で冷たく、唇は薄い。なによりの特徴は、左の頰に、そう古くはない刀傷がある」

「お任せください」

たのもしく言って、政次郎はにっこり笑った。

「それらしき者を見つければ、きっとご連絡を差し上げましょう。あ、それよりときどきは、我が家のほうにも、お顔を見せてください」

「ありがとうござる」

「きっとですよ。では、これにておいとまを。あ、そのまま、そのまま」

見送ろうとした勘兵衛を制して、政次郎は立ち上がった。

3

四日ののち――。

別所小十郎は、大川の舟の上だった。

材木町から出た渡しが向かう先は向島で、のちに本所中之郷竹町《たけちょう》となったところから〈竹町の渡し〉と呼ばれることになる。

吾妻橋《あづま》（大川橋）もないときだから、渡しはとても混み合っている。

舟が着いたあたりを中之郷村という。中之郷村、小梅村、須崎村に押上村《おしあげ》の四ヶ村をあわせて、牛島《うしじま》、とも呼んでいる。

別所が向かおうとするのは、須崎村であった。竹河岸が続く船着場から大川上流に遡《さかのぼ》ること、およそ半里であった。

右手に大久保加賀守、松平図書《ずしょ》の屋敷を見ながら大川端を行く。

そろそろ桜も蕾をつけはじめようかという時期なのに、吹きさたる川風は、春とは名のみの冷たさであった。

この日の別所は渋茶の紬に黒羽織、半袴をつけない着流しで、目深に深網笠をかぶっている。ちょっと見には、無役の御家人とも見える風体であった。

源兵衛堀を橋で渡ったところからが小梅村である。橋袂に橋番所があるが、人通りが多いというのに、中の番人はうたた寝をしていた。そこから先は一面の田圃地が広がる。

田畑では、百姓たちが鍬をふるっている。間もなく田の畦《あぜ》塗りもはじまるだろう。

そんな田圃の真ん中に、浮島のように鎮守の杜が目立っている。稲荷社であった。

田の中にあるので、かつては〈田中稲荷〉といったそうだが、いつからか〈三囲《みめぐり》稲荷〉の名がついた。風に流れて、笛太鼓の音が届いてくる。

〈伊勢屋稲荷に犬の糞〉

というほど、江戸の町には稲荷社が多い。

ものの本にも、

〈江戸じゅう稲荷社のあらぬところはなく、地所あれば必ず稲荷社を安置して地所の守り神とす。初午《はつうま》祭りは盛不盛の別はあれど必ずおこなう〉

と書かれているが、きょう、二月十一日は初午の日にあたった。

この日、町中では裏長屋の入り口、木戸の外などには〈正一位稲荷大明神〉なぞと、染め幟《のぼり》一対を左右に立てて、稲荷社の前では太鼓を打ち鳴らして、子供らが踊り遊ぶ。現代でいえば、地蔵盆のような活況が呈される。

〈三囲稲荷〉も、そうであった。きょうばかりは人出もある。それが別所の付け目であった。

稲荷の名がついていながら、別当《べっとう》（統括者）は天台宗の寺院であり、神像は弘法大師という、なんだかわけのわからない、この〈三囲稲荷〉は、これより三百年以上も昔の天和《てんな》のころに、三井《みい》寺の福原僧都《そうず》が再興したと伝えられる。そのとき、いずこからともなく白狐が現われては消える、ということが三度繰り返されたので、三めぐり、の名がついたそうな。

だが、別所の目的は、初午の祭りではない。人出にまぎれて服装も変えて、用心をするだけの理由がある。

話は、数日前にさかのぼる。

別所はこれまでに藩邸内の道場で、熊鷲三太夫を見かけたことが二度あった。だが昨年暮れに「和田平」ではじめて会合を持った日より、一度として、その姿を見かけることがない。

それから、目立ちはせぬように、それとなく手がかりを探ってきたのだが、一向に行方をつかめずにいた。

他藩なら中屋敷や下屋敷を持つところもあるが、この浅草屋敷は敷地が宏大で、すべてを兼ねている。

（もはや、当屋敷から出たのではないか）

そんな不安が、頭をもたげもする。

それでも別所は、足繁く、邸内の道場に顔を出すことにした。もしかして……という気持ちからだった。

道場で親しい顔に合えば、熊鷲の名を出してみたが、知らぬ者のほうが多い。

——どんな男だ？

——いや、なかなかの遣い手で、左頬に大きな刀傷があるんだが……

——いやあ、やはり知らんな。それより、最近、柴任《しばとう》先生を一向に見ないじゃないか。

そう言われれば、そうだな、と別所は思ったのだが、そのときは、それを熊鷲に結びつけることはなかった。

柴任先生というのは、柴任三左衛門という武芸者で、宮本武蔵を祖とする二天一流を嗣《つ》ぐ三代目の師範であった。

元は肥後熊本藩士だったが、加藤家が改易になって浪人となり、江戸に出てきて道場を開いた。そのうち福岡藩に召し抱えられたがすぐ辞めて、十年ほど前に本多家に四百石で招聘《しょうへい》され、先代の本多政勝に仕えた。これはかつて姫路時代の、本多家と武蔵の縁である。

熊鷲三太夫と、柴任三左衛門。

この二人の間を、思いがけない糸でつないだきっかけは、落合勘兵衛がもたらした情報からであった。

小正月の日、片岡道因の跡をつけた勘兵衛が目撃した本多家家臣の名は原田といって、俳号は〈のきふる〉というらしい。

それを聞いて、別所には、すぐに見当がついた。

——それなら、御奏者役の原田九郎左衛門であろう。俳号までは知らぬが、俳諧をたしなむということは、聞いたことがござる。

言って、思わず、

（お！）

と声を出しそうになった。

別所自身は、御手廻り組に属する御書物役だから、江戸家老の深津内蔵助と関わることはない。だが、御奏者役はその直属であることに思いが至ったのだ。

（あの、原田九郎左衛門が……？）

家格は自分より遙かに高いが、温厚で親切な男である。以前には高山道場で一緒だったこともあって、格別に親しいわけではないが、会えば軽口を交わすほどの仲であった。

ひょっとして、原田は俳諧を口実に、片岡道因と接触しているのではないか。

そこで冒険とは思ったが、道場に原田が顔を出したのを奇貨として尋ねてみた。

——以前にここで、見馴れぬ男に会ったのだが、最近は一向に会わぬな。頬に大きな刀傷のある男だが。

——というと、熊鷲三太夫のことかな。

すでにその名は知っていたが、別所はとぼけたままで、話を進めた。

――そう言うのか。同じ小野派一刀流で、なかなかの腕前だったので、気になっておったのだが。

――おう。それなら、間違いなかろう。あれは、御家老さま新抱えの若党らしゅうてな。太刀筋がよいというところを気に入られて、近ごろは、柴任三左衛門について、二天一流を学んでいるらしいぞ。

――ほう。それは、それは。

ようやくつかんだ情報に、騒ぐ心を押さえつけながら、さらに尋ねた。

――したが……今年になってから、その柴任先生の姿も見えぬの。

――ああ、それなら、大原どのから聞いたことがござる。

――大原どの、というと大番組頭の大原勘左衛門どのか。

その大原は、近ごろ病いがちで、どんどんやせ細っていく。別所は職掌柄、大原が先に一人息子を亡くしたため、跡目に孫をと願い出ていることを知っていた。

――さよう。その大原どのの娘御が、柴任先生の御妻女なのだ。

――それは知り申さなんだ。で、柴任先生は、今どちらに？

――なんでも、向島の須崎村というところにおるそうだ。実はその村に、御家老のお抱《かか》え地があるんだが、たぶんそこではなかろうかの。

抱え地、というのは百姓から買い取った土地のことで、百姓に家作をさせて生計の足しにしたり、屋敷を建てて抱え屋敷とするなど、いろんな利用方法がある。

ともあれ別所は、そこに熊鷲三太夫もいるのではないか、と踏んだのである。

そして、それを確かめにやってきた。

〈三囲稲荷〉は、大川端の堤道から下ったところに鳥居があって、そこから真っ直ぐ、松並木を配した参道が延びている。

社殿のほうから聞こえる笛、太鼓は賑にぎしく、かなりな村人が集まっているようだった。

それを横目に、なおも別所は堤道を進む。

絵図で確かめてきたところでは、もうこのあたりからが須崎村のはずであった。二間ほど先に寺が見える。〈牛の御前〉と呼ばれる最勝寺と、長命寺であろう。

須崎は古くは洲崎と書いたそうな。付近は昔、茫茫と広がる海浜で、島がたくさん浮かんでいた。このあたりを牛島、と呼ぶのもその名残なのである。

最勝寺の隣り地に、新たな寺が建造中であった。本堂や伽藍《がらん》はあらかたできあがっており、今しも塀壁が作られているところで、多くの左官たちが作業をしている。

別所は、その一人をつかまえた。

「この寺は、なんと言うんだい」

「へえ、弘福寺っていう禅寺で、開山されたのは、鉄牛《てつぎゅう》和尚だって聞いてますがね」

「鉄牛和尚というと、房総のほうで椿の海を干拓したという、あの和尚かね」

「さあ、そこまで詳しくは知りませんがね」

「さようか。いや、ちと聞きたいんだが、このあたりに武家の抱え地があると聞いたんだが、知らぬかの」

「さあて、あっしは、土地《ところ》の者じゃないんで、ちっとわからねえな。この先に丸池という池があって、そのあたりが昔、公方《くぼう》さまの御鷹場だったってことは聞いたがね」

「そうか。手間を取らせて悪かったな」

やはり土地の者に聞かねばわからないか、と別所は、次に最勝寺のほうを覗いてみた。

ちょうど境内を掃除している寺男がいたので、同じことを尋ねてみる。

「武家のお抱え地ってのは、このあたり、近ごろずいぶんと増えたからねえ。で、そのお武家さんというのは、どなただえ」

「うん。深津内蔵助というんだが」

「深津さまというと、本多さまの御家老のことかえ」

「そうそう。それだ」

あまりに早い反応に、別所の胸は高鳴った。

「それなら、もっと東のほうにこの寺の寺領があるんだが、そのすぐそばだ。えい、やー、と、ヤットウの稽古ばかりしているところだろう」

「ほう。そうなのか」

いよいよ間違いはなさそうだ。

「そうさ。村の衆が、なんだか、おっかねえな、なんて噂をしているよ」

「もしかして、そこに、左の頰に刀傷の男はいないかな。五尺半くらいで、頰骨の高い男だ」

「ああ、それなら、きのうも見たな。この下に寺の船着場があるんだが、権造《ごんぞう》の舟で、どこかへ出かけていくところだった」

「ふむ。その権造というのは？」

「だからさ。深津さまのところの抱え百姓だよ」

「なるほど。すまんが、その場所を、もう少し詳しく教えてくれんか」

「じゃあ、まあ、こっちにおいでよ」

ひとなつっこそうな寺男は、山門の外へ別所と出た。そして東のほうを指さした。

指の向こうには、先ほどの左官たちが忙しく働いている。

「この道をまっつぐ行くと、左手に池があってな。それより先に石の地蔵がある。かまわねえから、どんどんまっつぐ行くと左右に上水が流れているところに出るんだ。で、それを渡らずに右へ曲がってくんな。一町も行かねえうちに、二軒の百姓家と、どう見ても百姓家とは見えねえ屋敷があるからな。そこがそうだよ」

寺男に礼を言い、別所はさっそく教えられた道をたどりはじめた。

（これか）

塀を巡らせるわけでもなく、ただの田圃地と思われるなかに、藁葺きの百姓家が二軒あり、少し離れたところに、竹枝の網代垣《あじろがき》と網代の木戸門をそなえた、質素な建物があった。屋根は半切妻で、桧皮葺《ひはだぶ》きである。

そっと網代垣に近づき、別所は耳を凝らした。なにも聞こえてはこなかった。

しばし考えたのち、別所は垣を離れた。

もっと確かめたいのはやまやまだが、ここで怪しまれては元も子もない。

引き返しはせず、再び上水に沿って歩きはじめた。このまま、大川端に戻って引き上げようと決めていた。

(うむ、ちょうど明日が……)

〈先勝〉であったな。

(勘兵衛どのに、よい土産ができたわい)

と別所は、にんまりした。

4

その日、勘兵衛が早朝より須崎村に向かったのは、昨夜の［和田平］の会合で、別所小十郎から思いもかけない朗報を聞いたからだった。

熊鷲三太夫と変名した、山路亥之助の隠れ家らしきものを探り出してくれたのだ。

(必ずや、討ち取る!)

固い決意が、鍛え上げた鋼《はがね》のような五尺八寸の全身にあふれている。

足拵《あしごしら》えも入念に、裁付袴《たつつけばかま》に袖無し羽織といういでたちで、懐には忘れず亥之助への果たし状もしのばせた。昨夜の内に、剣の手入れも念入りにすませている。

別所小十郎から教えられた〈三囲稲荷〉が見えてきたのは、そろそろ五ツ(午前八時）に近かった。人通りは少なく、ときおり土地の農夫とすれちがうだけだ。

堤《つつみ》に手ごろな桜の木を選び、その根方に勘兵衛は大川に向けて腰を下ろした。蕾は、まだ目立たない。

打飼いから、おたるに作らせた竹の皮包みのむすびを取りだし、春景を愛でながら、ゆっくり食った。

塩かげんや、結んだ力かげんは、母が作ったむすびに、はるかに及ばない。ふと勘兵衛は、遠い母を想った。

食い終わって、なおしばらく勘兵衛は足を休め、腹を休める。ついでのことに、ともすれば気負い立ってくる血気をも内深く沈めた。

ところどころに中州を浮かべる大川の水は、滔滔《とうとう》と、かつ雄大に流れている。流れには大小の舟が行き交い、帆は白く春風を受けてやわらかに膨らんでいる。

川の向こう岸には、緑を増してきた待乳山《まつちやま》、そして浅草寺の五重塔に本堂の大屋根。ずっと左に高くそびえるのは、馬場の櫓だろうか。

春霞のせいか、富士の山までは望めなかった。

風景はなに変わるところもなく、ともすれば荒ぶろうとする勘兵衛の心の襞を埋めてくれる。

近間の浅瀬で、数羽の白鷺が戯《たわむ》れている。じっと川辺を覗き込んだまま、凝然《ぎょうぜん》と動かぬ鷺もいる。

と——。

その白鷺が、素早く動いた。

嘴《くちばし》に、小魚の銀鱗がはねる。

「よし！」

思わず勘兵衛は、声に出した。

そして、立ち上がった。

それから小半刻ののち——。

（ここか）

勘兵衛が立ち止まったのは、藁葺きの百姓家が二軒あり、網代垣と網代の木戸門をそなえた建物が見える道だった。

屋根は半切妻で、桧皮葺き——。

別所に教えられたとおりであった。

大きく息を吸い込み、長く細く吐き出す。それを数度繰り返してから、勘兵衛は網代垣に近づいていった。
（ここに、亥之助がいる）
そして、もう一人、宮本武蔵の二天一流を嗣ぐという、柴任三左衛門という武芸者。
勘兵衛は大野にいたころから、その名を耳にしたことがある。それくらいに名高い。
だが勘兵衛は、柴任のことを心配はしていない。
一流の武芸者ならば――。
（決して邪魔だてしたり、亥之助に加勢したりはせぬはずだ）
固く信じていた。
木戸門から入り、まず背の打飼いを下ろした。
建物は右の端に玄関があり、左手は農家のような縁側で、広い前庭へと続いている。
前庭には花苗が植えられていた。
縁側の雨戸はすべて払われているが、障子を立てているから内部は見えない。
「申す」
勘兵衛は声をかけ、人の動きがないかと気を澄ました。
もう一度、声をかけようとしたとき気配があった。
障子が開いて、出てきたのは五十がらみの男であった。甚兵衛羽織姿で、眼光が鋭い。

「どなたじゃな」

勘兵衛は一礼して答えた。

「わたしは、落合勘兵衛と申します。こちらに、熊鷲三太夫という者がいると聞き、訪ねてまいりました」

「ほう」

柴任と思われる男は、うっすらと笑った。

「突然やってきて恐縮ですが、ぜひとも、お引き合わせをいただきたく」

「うむ。だがの。今ここには、我一人だけなのだ」

聞いて、勘兵衛は全身から力が抜けそうになった。

「では、熊鷲……どのは、お出かけでござろうか」

「ま、そこではなんだ。こっちへきて座らんか」

甚兵衛姿の男は自ら縁側に座り込み、眼光をやわらかくして勘兵衛を誘う。

「では、おことばに甘えまして」

勘兵衛が座るのを待って、

「おまえさんは、越前大野のゆかりの者かの」

図星《ずぼし》を指されて仰天《ぎょうてん》したが、気を落ち着けて勘兵衛は答えた。

「おわかりですか」

「なんとのうな。子細は知らぬが、相撲取りでもあるまいし、熊鷲などという名からして怪しい。元は越前大野に縁のある者と聞いてはおった。そこへ、並なみならぬ気を吐いて、おまえさんがやってきた、察しもつこうというものよ」

「いや。未熟者で……恐れ入ります」

「なんの、なんの。だが、残念だろうが一足ちがいだったな。熊鷲は、ここにはもう戻ってこんぞ」

「まことでございますか」

「嘘を言って、どうする。屋敷から使いがきての。四日前に出て行った。行き先は知らぬぞ」

屋敷とは、出雲守屋敷であろうか。

そういえば、心当たりがある。亥之助が舟で出かけたという話を別所がしていたが、あれが、そうであったのか……。

（これでまた、元の木阿弥《もくあみ》か……）

絶望感が押し寄せてきたが、聞くことは聞いておかねばならなかった。

「ここの、抱え百姓の舟で出かけた、ということを聞きましたが、そうでございましょうか」

「それなら権造であろう。なるほど権造ならば、行き先を知っておるかもな」

「話を聞きにまいっても、よろしゅうござろうか」

「良いも悪いもない。権造なら、そのへんで、畑仕事でもしておろう。どれ、一緒にまいろうか」

柴任は、勘兵衛に好意を持ったらしい。腰軽く庭に下りてきた。

裏手が畑地になっていて、ともに畦を歩きながら勘兵衛は尋ねた。

「失礼でございますが、柴任先生でいらっしゃいますか」

「いかにも」

「では……」

思いきって尋ねることにした。

「熊鷲どのに、稽古をおつけになっていると聞きましたが、腕のほうは、ずいぶんと上がってございましょうか」

「ふむ。江戸家老に頼まれて、かれこれ一月半ほど教えはしたが……。あれは、あまり好きになれん男ではあったな」

ずいぶん、はっきりした答えが返ってきた。

「………」

「心がよこしまでも、才さえあれば、剣技も上がる。だが、あれは、あそこまでの男だ。たいして腕は上がってはおらぬ。というより、適当に教えておいただけだからな」

飄《ひょう》飄《ひょう》と言って、静かに笑った。

「ところで、おまえさんは、どこぞ、道場には通っておるのか」

「はい。松田町の高山道場でございます」

「ああ。八郎兵衛さんのところか。良い師じゃ。あそこで、そこそこいけば、熊鷲に引けはとるまいよ。あ、おった、おった」

畑で鍬をふるう百姓に、

「おーい、権造」

柴任は、呼びかけた。

やってきた権造に、柴任が尋ねた。

「四日前、熊鷲を舟で送ったようだが、どこまで行ったね」

「へえ、あれは、本所竪川の一ッ目之橋をくぐったあたりでござえましたよ。相生町《あいおい》河岸のほうで。へえ」

「そうか。ほかに、なにか、話してはおらなかったかな」

「いえ。別に……。相変わらず、無口なお方で」

「そうか。いや、手を止めさせて悪かったな」

柴任は、権造を放免すると、

「ということだそうだ」

勘兵衛に向かって言うと、

「わしにできることは、これくらいだな。気をつけて帰られよ」

ことばつきはぶっきらぼうだが、勘兵衛は柴任に、あたたかな人柄を感じた。

「あ、はい。いや、なにかとご親切に、まことにありがとうございました」

勘兵衛は深く頭を下げた。

「ま、頑張られよ。もう、会うこともなかろうがな」

「は?」

「いや、いろいろとな。面白くないことも多いので、近く致仕して、いずこかへ参ろうかと考えておるのだ」

「はは あ」

勘兵衛が首をかしげたときには、もう柴任は背を向けていた。

柴任三左衛門が本多家を致仕する理由は、藩主の本多政利への不満からだった。

柴任の義父、大原勘左衛門は死病にとりつかれ、余命いくばくもない。だがその嫡子であった惣右衛門が早世して、このままでは大原家が断絶になってしまう。そこで惣右衛門の子に跡目相続を願い出ていたのだが、つい最近になって拒絶されてしまったのだ。

もう会うことはなかろう、と勘兵衛に言った柴任だが、運命《さだめ》の糸車はからからと廻り、これから二十数年後に再会することなど、二人は知らない。

5

わずかに四日ちがいで亥之助を取り逃がした悔しさは、意外に大きな打撃を残した。

勘兵衛は、もう二日ばかりどこへも出かけず、居候先でごろごろしている。

柴任三左衛門と別れたあと、勘兵衛はさっそく本所の、竪川一ッ目之橋に急行した。

竪川は、大川と葛飾を流れる中川との間を、およそ一・四里にわたって東西に結ぶ堀川で、架かる橋を大川のほうから順番に、一ッ目之橋、二ッ目之橋というふうに呼んでいる。

権造という抱え百姓の話では、亥之助を舟から下ろした場所は、一ッ目之橋をくぐってすぐの相生町河岸ということだったが、そのあたりは材木河岸で、向かいは竹河岸になっている。

見ている間にも次次と舟が着き、あるいは出ていく。河岸の先には、回向院本殿の大屋根も望まれて、参詣の客がひっきりなしという土地柄であった。

これでは四日前のことを聞き込んでも、とても覚えている人に行き合う可能性は低いと思えた。

それでもあきらめきれずに付近を歩いてみたが、回向院裏には御竹蔵、小細工同心の組屋敷や御材木蔵があるくらいで、亥之助が、なぜこの地に降り立ったのか、とんと見当がつかない。

そこで猿屋町の町宿に戻り飯炊きの長助に、相生町河岸付近を中心に聞き込むように、と命じたら、もうなんだか力が抜けてしまったのだ。

「やっぱり、どこか、具合が悪いんじゃあ、ないのか」

おたるが心配しながら、

「伊勢屋の小僧が、手紙を届けてきたよ」

勘兵衛の様子に気を遣ったか、あまりおしゃべりもせず、手紙を置いていった。

油紙の包みにはいつものように、ただ〈落合どの〉としか書かれていない。

油紙を破ると、それが本来の書状で、裏返すと〈塩川七之丞〉と書かれている。

「おっ！」

思わず声を出した。

故郷の親友からの、はじめての手紙であった。

封を破るのももどかしく、勘兵衛は友の便りを読んだ。

「ほほう！」

その間には、つい声も出る。七之丞が、遊学のため江戸に出ることが決まった。

そして遊学先は、林鵞峰《がほう》の弘文院に入門を許された、とある。

（弘文院といえば……）

林派《りんぱ》儒学の本拠地として、あまりに有名な学問所ではないか。

（あいつめ、やったな）

勘兵衛は、喜びがあふれてきた。

林鵞峰は、将軍秀忠、家光、の侍講だった林羅山の三男で、上野忍ケ岡《しのぶがおか》に先聖殿を建設して儒学塾を創立した父の後継者であった。そして家光より、塾に弘文院の名を与えられている。

余談ではあるが、この弘文院は元禄十一年（一六九八）の火事で焼失し、湯島聖堂に移されて〈昌平黌《しょうへいこう》〉と呼ばれる幕府学問所になるのであった。

手紙の最後には、江戸到着の予定が二月十七日で、入門準備のため、しばらくは湯島旅籠町の［万亀屋《まきや》］という旅籠に逗留する予定だ、と書かれていた。

（あさってではないか）

これは、たいへんだ、と勘兵衛は思った。

真っ先に浮かんだのは、伊波利三のことである。

七之丞が江戸に出てくる、という報らせは伊波のところにも届いているはずだが……。

（さて……）

伊波とは、極力会わぬようにと、留守居の松田から釘を刺されていた。

（えい。かまうものか）

次には、そう考えた。

（伊波は伊波として、俺は七之丞に会いに行くぞ）

そこで伊波にも出会うのなら、それはそれでかまいはせぬ、と思った。

役目のことを、口にせねばすむことだ。

そう決めてしまうと、さて、あれこれそれと考えてしまう。

七之丞は、これから、この江戸に住むことだし、まあ見物をさせてやることもなかろうが、やはり、歓迎の宴くらいは張ってやりたい。

（その場所を……）

この居候先はまずいし、では、猿屋町の町宿では……。

（それも、やはりまずかろうな）

七之丞は、勘兵衛が若殿の近習になっているとばかり思っているにちがいない。

（こりゃ、難問だぞ）

今の複雑な立場を説明するわけにもいかぬ。

結論の出ぬままいる勘兵衛に、おたるがやってきて、

「また伊勢屋の小僧が、手紙を届けにきたよ」

あきれたような声で、油紙に包んだのを渡してくれた。

出てきたのは、ぺらりと一枚きりの走り書きで、伊波利三からのものだった。

〈七之丞が来府の報らせあり。十七日の七ツ（午後四時）どき、筋違御門前にて遭逢《そうほう》し、ともに「まきや」を訪ねん。右の件、御留守居承知。念の為〉

と書かれている。

(ははあ……。さては伊波のやつ)

七之丞の手紙を受けとるやいなや、留守居の松田のところへ談判に行き、許可を受けたその場でこの手紙をしたためたにちがいない。

(さすがは、利三だ)

勘兵衛の心は、喜びにはじけた。

6

「やあ、勘兵衛」

筋違御門の石垣に、凭《もた》れるように待っていた伊波利三が片手をあげた。

「久しゅうござる」

勘兵衛が腰を折ったのは、嫌みでもなんでもない。二歳年長の伊波に、一応は敬意を表したのだ。

利三はそんなことには頓着なく、嬉しげに破顔すると声を弾ませた。

「じゃ、行こうか」

二人して、堂堂とそびえる渡り櫓門をくぐり、橋を渡った。

「元気そうでなによりだが、たいへんだろうな」

「なに。勝手気ままな暮らしをさせてもらっている」

利三が言う。

「それならいいんだが……」

言って利三は長い睫毛を伏せ、

「ときどきは会いたいと思うんだが、狸親父の邪魔が入ってな……」

「そうらしいな。松田さまより、事情は聞いている。気にしないでいい」

「おう、聞いてくれたのか」

「聞いたとも、利三は、ずいぶんむくれたそうじゃないか」

「あの狸親父めが、そんなことまで言いおったか」

利三は毒づいたあと、

「ところで湯島の旅籠町というと、神田明神の裏手あたりになろうかな」

「そうだな。湯島の広小路あたりから入ればいいのではないか」

「ほう。ずいぶんと地理に明るくなったな。俺など、江戸はもう七年にもなろうというのに、いまだに知らぬところだらけだ」

というようなことを話しながら神田川に沿って上流に進むと、のちに昌平橋と名を変える、相生橋とか芋洗い橋などと呼ばれる木橋がある。

その袂地から斜めに切れ上がっていく道が、神田明神から湯島の広小路へと続く道であった。

行き合う町娘の多くが、ふと足を止めるのは、利三の美貌の若武者ぶりのせいだろうが、そんなものには目もくれず、

「七之丞は、もう宿に着いておろうかな」

「さて……」

勘兵衛も首をひねった。

（まだかもしれぬな）

「まあ、まだなら、しばらく待つことにしよう」

利三が言うのに、勘兵衛はうなずいた。

道はゆるやかな上り坂になり、右手に神田明神の朱塗りの大鳥居があって、急坂で駆け上った先に楼門が望まれる。

やがて広小路の道を右に取ると、急坂で下り、また急坂で上るという谷道が続く。上りつめたあたりが旅籠町であった。

［万亀屋］は、すぐに見つかった。

旅籠の手代らしいのに尋ねると、七之丞は、すでに一昨日から逗留しているという。

さっそくに部屋に通され、三人は、肩を抱きあって再会を喜んだ。

久しぶりに会う七之丞は、少し頰がこけているように思えたが、長旅の疲れかもしれぬ。

「遠路で疲れたろう」

勘兵衛はねぎらった。

「途中の雪道を考えて旅程を組んだのだが、存外に早く着いてしまってな」

七之丞が言うのに、改めて勘兵衛は、雪深い故郷の春を思った。

「それならそうと、すぐにも知らせてくれればよいものを……」

利三が言うのに、七之丞は笑った。

「そりゃそうだろうが、一日も早く、住処《すみか》を定めておきたくてな。こちらの好き勝手を、すねかじりで江戸に過ごすのだ。できるだけ父上に負担をかけたくないからな」

「それは、そうであったな。で、江戸での住処の、心当たりはあるのか」

「うむ。幸い紹介する人があって、弘文院からすぐ近い上野町一丁目の肴棚《さかなだな》というところで、寺子屋を開くことになったのだ。といっても間借りだがな。家主には、きのう挨拶に行って、二、三日のちにも、そちらへ移ることになっている」

「おう、そうだったのか」

七之丞にも、新しい生活が待っているようだ。

「となれば、まずは酒でも酌《く》み交わしながら、つもる話を、といきたいところだが……」

利三は、六畳一間きりの宿部屋を見まわした。

安旅籠の粗末な部屋だし、薄っぺらな壁の向こうからは、隣りの声も響いてくる。

「神田明神か、不忍池《しのばずのいけ》の弁天堂あたりへ行けば、酒くらいは飲ませる茶屋もあるんじゃないか」

利三が勘兵衛に言うのに、

「いや、そのことだが……」

ここからだと半刻（一時間）ほどかかるが、いい店がある、と勘兵衛は言った。

「ほう、どういった店だ」

「料理茶屋だ。とにかく、うまい料理と酒を出す。一応、離れの席を押さえてはおいたのだが……」

「気が利くじゃないか。よし、そこにしよう」

すぐに話がまとまった。

勘兵衛は考えあぐねた末に、きのう［和田平］に、二階座敷が借りられるかどうかを尋ねている。

あいにく二階座敷は予約で塞がっていたが、離れがあいているという。それまで［和田平］に離れがあることすら、勘兵衛は知らなかった。

――連れてくるのは、幼いころからの友人二人ですから、〈丸さま〉などと呼ばないでくださいよ。

そう念を押したら、女将の小夜に、

――合点《がってん》承知、でございますよ。丸さま。

と、からかわれている。

こうして三人、［和田平］へと向かった。

途中――。

「ところで七之丞、文左は元気にしているか」

利三が尋ねた。

中村文左の父は、面谷銅山の不正を追ううち、刺客に討たれ横死している。そのあとには、行動をともにしていた勘兵衛の父も閉門、御役御免の処分を受けていた。

「おう、元気に励んでおるぞ」

七之丞の答えに、利三も勘兵衛も表情がゆるんだ。

すると今度は、

「ところで勘兵衛、亥之助のほうはどうなっているんだ」

七之丞が聞いてきたので、勘兵衛は仰天した。思わず、利三と顔を見合わせる。

「おい、七之丞、おまえ、それを誰から聞いた」

言った利三の声が、気色《けしき》ばんでいた。

「お、なんだ。まずかったのか」

七之丞のほうも驚いている。

「まずいもなにも、それは秘事ぞ」

「ほう。秘事なのか。ふうん」

「なんだ。その馬鹿にしたような言い方は」

「まあ、まあ、待て」

勘兵衛は、危うく険悪になりかけた二人の間に割って入り、

「とにかく話を聞かねば、なにもわからんだろう」

「うん。それもそうだ。いや、すまん。あまりに驚いたものだからな」

利三は、素直に謝った。

七之丞のほうも――。

「いや。こちらこそ悪かった。大野では誰もが知っていることを、秘事などというから、ついあんな言い方になった」

（大野では、誰でも知っている？）

どういうことになっているのか。

七之丞の話によれば――。

勘兵衛の出府と入れ替わりのように、亥之助の討手だった、今枝助八郎以下五名が帰郷してきた。

で、今枝らは、

――直明さまがおっしゃるには、亥之助のことは無茶勘に引き継がせるゆえ、安心して帰郷せよ、とのことでござった。

と報告したらしい。

七之丞の父は大目付だから、当然このことは、真っ先に七之丞の耳に入っている。

「直明さまは、そんなことをおっしゃったのか」

勘兵衛は、利三に尋ねた。

「いや、俺には覚えはないが……。討手の五人が帰郷の前に、直明さまに呼ばれたことはたしかじゃ。今枝さんらがそう言っているのなら、そうなんだろうな」

言って、ふーっと、大きく溜め息をついた。

直明の思慮のなさが、こんな事態を引き起こしている。

勘兵衛が亥之助を追っていることが、大野でおおっぴらに語られているとすれば、そのことが亥之助の耳にも届いている、と考えねばならなかった。

七之丞が言う。

「若殿の酔狂で、勘兵衛はとんだ貧乏くじを引いたな、と、実は、みんなでおまえのことを心配しておったのだ」

隠すより現われる、というが――。

(ま、世の中とは、そうしたものだろう)

と、勘兵衛は思った。

その一方で、なんだか馬鹿らしくなってきたのも、正直な気持ちである。

「そうだったのか。みなは俺が、若殿の近習になっていると……、そう思っているとばかり信じていたのだが」

「はは、それなら俺の手紙を、おまえと伊波さんに、別べつに分けて出す必要はないじゃないか。同じ若殿の近習なら、どちらか一方に出せば、すぐに伝わるはずだろう」

「あ……」

そうか。そういう理屈だな、と勘兵衛は今さらながら気づいた。

「それに伊波さん。こう言っちゃなんだが……。うちの姉が、伊波さんのことも心配していたぞ」

伊波利三は三百石の家の三男だが、七之丞の姉が、利三の長兄のところに嫁入りしている。

「嫂《あね》がか……、なにを心配しているんだ」

「うん。ちょっと言いづらいことだが、城下では、若君さまの評判がひどく悪い。なんでも、ずいぶん短気というか、こらえ性のないお方だそうだな」

「まあ、それは……、な……」

勘兵衛の耳には入ってこないが、伊波家も塩川家も、藩の中枢部に属する家柄だから、勘兵衛の知らぬことも耳に入るのだろう。

「昨年の八月から、若君さまが高輪の下屋敷に移られたのも、中間《ちゅうげん》を手討ちにしたのが原因なのであろう?」

「うむ……。まあ」

利三は口を濁したが、これも、勘兵衛の知らぬことであった。

「聞けば、手討ちも、今度がはじめてのことではないそうだな。もう、大殿も古稀を越えられたが、これではしばらく隠居もできぬと仰せられたとか。といって、おまえが若殿をお諫《いさ》めでもしたら……と、姉は心配しておるのだ。触らぬ神に祟《たた》りなし、というが、めったな諫言《かんげん》など口にはするなよ」

うっかりすれば、手討ちにあってしまう、と言いたげである。

(あの直明さまが……)

勘兵衛には、驚くことばかりであった。

利三も勘兵衛も黙り込んでしまったので、七之丞が、あわてたように言う。

「ま、俺は堅苦しい侍勤めがいやで、こうして学問の道に進むことにしたから、勝手なことばかり言えるのだが、その点はどうか許してくれ」

「いや」

利三が口を開いた。

「城下の者たちが、そこまで知っているのなら、俺も正直なところを言うが、たしかに直明さまは、ろくなものではない」

それが、あまりに決然とした言い方だったので、勘兵衛は驚いた。

「いや、愚痴は言いたくないのだが、近ごろは、大殿さまから離れたのをいいことに、女狂いをはじめられてな。それは、もう、ひどいものだ」

「そうなのか」

七之丞が言う。

「うむ。毎月二十三日が蓮台院さまの命日なのだが……」

蓮台院というのは、直明の生母であるお布利の方の諡号《しごう》で、大野で没したとき、直明はまだ七歳であった。

そのお布利《ふり》の方の遺骨は、実家の伊豆国熱海に送られたあと、一族の人が、これを江戸は三田の大乗寺に埋葬した。

その命日に、墓参りと称して直明は出かけていっては、めぼしい、それも年上の女を渉猟し、屋敷に召し出すよう命じるというのだ。

「今のところは奥方の仙姫様も、まだ十七歳とお若うござるから、なにもおっしゃらぬが、いやはや、なにかと気苦労も多い」

「それはまた……」

七之丞はあきれたような声を出す。

「しかしな。そんな若殿でも、それを衛《まも》り、引き上げていくのが俺の勤めだ。なにしろ俺は、十二歳のときから、はや九年、ずっと直明さまのお側についてきたのだからな。いずれは、必ずや、立派な藩主に仕立て上げてみせる」

利三は、そう昂然と言い放ち、

「君君たらずとも、臣臣たらざるべからず、じゃ」

と〈古文孝経《こぶんこうきょう》〉の一節を引いて言えば、七之丞はすかさず、

「疎《うと》きは親しきを間《へだ》てず（間柄の疎遠な者は、親密な間柄の者に口をださない）だった。よけいなことを言ってすまなかった」

と三国志の一節で返した。

勘兵衛はというと、なるほど、松田さまの苦労は、そのあたりにあったのだな、と妙に納得をしていた。そして利三の気苦労をも思いやり、複雑な気持ちで、端麗な利三の横顔を見た。

（俺は若殿の近習にならなくて幸いだったかもしれぬ）

そんな思いが頭をよぎった。

越中島《えっちゅうじま》の石

1

塩川七之丞と江戸で再会して十日目、勘兵衛は不忍池近くの上野町《うえのまち》を訪ねた。

上野町は上野広小路から一本東の通りで、肴棚の名のとおり、魚屋が二軒ある。そこに「日高屋」という筆墨問屋があって、ここが七之丞の間借り先だった。

「やあ、よくきたな」

顔をほころばせた七之丞に、勘兵衛は土産に持ってきた「高砂屋」の菓子を渡し、

「ちょっと様子を見にきただけだ。どうだ。少しは慣れたか」

「ああ、まだ、なにもかも準備中だがな。それより先日は、すっかり馳走になってすまんな。いや、あのようなところに出入りしておるとは、おまえも隅に置けんぞ」

［和田平］のことを言っている。

「いや、俺も、たまたま人に連れていってもらっただけだ」

その［和田平］に、勘兵衛はきのうも行っている。きのうが例の会合の日だったからだが、これといった進展もなかった。

「まあ、そういうことにしておこう」

言って七之丞は、さっそく土産の包みを開けた。

「なんだい。こりゃ、えらく真っ黒けな菓子だなぁ」

「ああ、それは〈べらばうおこし〉といってな」

表面に、びっしり黒胡麻を貼りつけた［高砂屋］の新製品である。

おたるが昨年に堺町の見せ物小屋で観《み》た、としゃべっていた異人は、よほど江戸人の度肝《どぎも》を抜いたようで、小石川の白山《はくさん》権現近くでも、焼麩《やきふ》に黒胡麻《くろごま》の〈ベラバウ焼き〉というのが出ているらしい。

勘兵衛は、そんなことを話題にして、しばらく七之丞と歓談した。

間借りとはいっても、七之丞は［日高屋］の居候ではない。間借り賃や食費と相対《あいたい》にして、寺子屋の師匠を引き受ける、ということになっているらしい。

「なるほど考えたな。寺子屋の弟子たちが、いずれは［日高屋］の得意先になるであろうからな」

「あ、なるほど、そういうことか。すると俺は、せいぜい寺子屋の弟子を増やさねばならんわけだ」

まじめくさった顔でそう言うと、

「それよりどうだ。これから、ひとつ池之端あたりに初花《はつはな》でも探しにいかんか」

今度はのんびりした口調になって、誘った。

「さて、あるかな」

そろそろのはずだが、桜はまだ蕾だったように思う。

二人はぶらぶらと歩いて、黒門町あたりから不忍池畔を巡ることにした。黒門は、東叡山寛永寺への御成門《おなりもん》である。

この付近で、不忍池から流れ落ちてくる水を忍川《しのぶかわ》といって、それが浅草の三味線堀を経て、勘兵衛の町宿がある猿屋町横を流れる鳥越川にまで繋《つな》がるのであった。

七之丞が、右前方の丘を指した。

「ほれ、あそこが弘文院《こうぶんいん》だ」

急な石段が丘を刻み、樹木の茂った間から、ちらりと堂宇の屋根が望まれる。その屋根がいかにも唐風《からふう》であった。

「あれが孔子堂か」

「うん。〈建聖堂《けんせいどう》〉というんだ」

言った七之丞の顔が、誇らしげだった。

「立派な学者になれよ」

あの高台の学舎で学ぶ友の姿を想像しながら、勘兵衛は、心からそう願った。

池を巡る桜は、まだ二分咲きにも満たぬが、すでに開花をはじめている。

「やはり江戸は温かいな。二月に、もう初花が見られる」

七之丞が言うのに、勘兵衛もうなずいた。

故郷の大野では、三月に入らねば桜は咲かない。

亥之助の話題も、若殿の乱行の話題も出ず、二人はゆったりした足取りで、春風の吹く池を巡った。

「ところで勘兵衛、ひとつ頼みがある」

「お、なんだ」

「うん。それがな……」

歯に衣着せぬ七之丞が、珍しく言いよどんだ。

「なんだ。どうした」

「うむ。実は妹のことなんだが……」

「なに、園枝さんか」

どきん、と心臓が高鳴った。

初恋の人である。

だが勘兵衛は昔、戀、という一文字が、糸と糸とで言を締めつける心と解して、ことばにもなさず、態度にも出さず、かたく秘すべき心、なのだと自分を戒めたことがあった。

「園枝さんに、なにかあったのか」

「いや。そうではない。実は、園枝に頼まれたんだ。おまえ……気が向いたときでいいから、江戸の様子など、園枝に手紙を書いてやってくれんか」

「俺がか」

「うん。頼む」

しばし考え、勘兵衛は言った。

「わかった」

「よかった。これで園枝が喜ぶ」

勘兵衛の心を知ってか知らずか、七之丞は素直に喜んで見せた。

勘兵衛は園枝の、きらきらと強く輝く目を思い浮かべた。園枝との、いくつかある淡い思いでも想い起こしていた。

(あのころ——)

勘兵衛は、抑《おさ》えても抑えても湧き起こってくる恋の苦しさを、戀、という一文字の解釈で封印したころを思った。

あれは、落合の家が三十五石に落とされて、まだ勘兵衛が家督を継ぐ前のことであった。一方、塩川の家は三百石で、どうあがこうとも叶《かな》わぬ恋であったのだ。

(だが、今は……)

自分も少しは身分が上がっている。

園枝さんも十六か……。

ふと、そんなことを考える自分に気づき、勘兵衛は、つい赤らんだ。

やがて池をほぼ一周したころ、

「じゃ、俺はここで。またくるからな」

池之端仲町に古本屋があって、そこを覗きたいと七之丞が言ったのを機に、勘兵衛は別れを告げた。

七之丞と別れはしたが、勘兵衛に、これといってあてはない。園枝のことが、まだ胸の奥でうずいていた。

それを振り落とすように、

（さて……）

亥之助のことを考えることにした。

あれ以来、再び亥之助の行方は杳として知れず、しかも勘兵衛は、自分の役目に倦んでいた。

それは、思いがけず、直明の実像に触れたせいかもしれぬ。

直明には、江戸に来てすぐお目通りしているし、松田からやや批判めいた評も聞いてはいたが、それでも勘兵衛のなかにある直明は、勘兵衛の母が作ったけんけら菓子を、珍しそうに囓っていたときの印象のほうが勝っていた。ともに十一歳の夏であった。

あのころ——。

直明の立場は、微妙だった。

というのも、越前大野藩には藩主の直良に嫡子が死に絶えて、やむを得ず縁戚である松江藩主の次男、松平近栄《ちかよし》を娘婿として迎えている。直明は、その後に生まれてきた。

相続者は、松平近栄か、直明か。

近栄を立てる乙部《おとべ》勘左衛門、直明を擁する小泉権大夫の二家老が、それぞれに派閥を集めて二分し、藩内には熾烈な抗争が繰り広げられていたのである。

やがて抗争は、松江藩への粘り強い交渉で終焉を迎えた。

松平近栄は、出雲広瀬藩三万石を兄の綱隆《つなたか》から分与され、家老の乙部勘左衛門以下、同派の士を引き連れて大野城下を去っていった。

そして、もう一方の家老、小泉権大夫も銅山不正の首謀者であることが明るみに出て、罷免ののちに死を遂げた。

そんな激動の来《こ》し方《かた》を思うとき、勘兵衛のなかで直明という存在は、たぶんに美化されて定着していたきらいがある。

こらえ性がなく短気。

繰り返される手討ち。

年上女への女狂い。

だが、それが直明の実像らしい。

金箔が剝落した、醜い像に出会った想いだ。

それで勘兵衛は、倦んでいるのであった。

　不忍池を背に、上野広小路を南に歩く勘兵衛の足が止まった。誰かが、後ろから呼んだような気がしたからだ。

　振り返ると、若党の八次郎が駆けてくるところだった。

「おう、どうした、八次郎」

　よほど駆けてきたらしく、八次郎は肩で大きく息をつき、

「ああ、よう、ございました。危うく行き違うところでした。実は、勘兵衛さまがお出かけになったあと、[千束屋政次郎]という方が訪ねて見えられまして」

「なに、[千束屋]が？　はて、どうして猿屋町の家を知っておるのだ」

「さあ」

　八次郎は、首をひねった。

　政次郎は、江戸のことなら、なんでも耳に入ると言っていたが……。

(油断のならぬ男だ)

　と、勘兵衛は改めて思った。

「で」

「はい。耳寄りな話がある、と伝えてほしいと、それだけ言って戻られました。これは急いで報《し》らせるべきかと」

勘兵衛は朝一番に、必ず猿屋町に立ち寄ることにしていた。きょうも、これから上野町の友を訪ねる、と八次郎に告げていたから、こうして急いで報らせにやってきたのだろう。

「それはご苦労だったな。ではさっそくにも［千束屋］に行ってみよう。おまえは、俳諧の輪講があるのだろう。途中まで一緒に行こうか」

「あ、やっぱり」

「なにが、やっぱり、じゃ。怠けてはならんぞ」

勘兵衛が広小路から右折して、湯島天神表門への坂道をどんどん下ろうとするのを、

「あ、こちらのほうが近道でございます」

八次郎は、左に折れる横道のほうを勧めた。

2

葭町の［千束屋］には紺の暖簾がかかっていて、広い土間には、多数の男女があふれていた。

内壁には、求人主の所番地や職種を書いた紙が、所狭しと貼りつけられており、そ

の前に人が群れている。

　はじめて見る光景に、勘兵衛は、しばらく土間に立っていた。

「おーい、番頭さん。おら、搗《つ》き米（精米）が得意なんだが、そういったのはねえだろうか」

　字が読めないらしい求職者には、番頭が対応している。その番頭が、勘兵衛に気づいた。

「あ、お侍さま。なにかご用で」

　腰を低く、近寄ってきた。

「ああ、わたしは落合と申す。政次郎さんにお会いしたいんだが」

「へえ、ちょいとお待ちを」

　奥へ引っ込んだと思ったらすぐに、娘のおしずが駆けだしてきた。

「まあ落合さま、このようにむさいところへわざわざ、どうぞ、どうぞ、奥へお上がりくださいまし」

　十六とは思えぬ手馴れた手際のおしずに案内されるまま、勘兵衛はまた、園枝のことを思いだしていた。

（手紙をな……）

書かねばならんが、さて、それを松田さまか伊波に託すのが、少し面《おも》はゆいではないか……などと考えている。

「やあ、やあ、これは……。おはようございましたな」

奥の座敷で、政次郎が悠然と待っていた。

「なんですか。猿屋町のほうを、ご存じだったようで」

「いやいや。［高砂屋］に行ったところ、お留守でしたので、あるいはと思ったのですよ。誰にも言いませんので、ご心配なく」

けろりとした顔で言った。

「蛇の道は、蛇ということですか」

「それそれ。その蛇が……」

政次郎が左の人差し指を、自分の左頰に縦に滑らせて見せた。

「お、見つけられたか」

勘兵衛は、思わず膝を乗り出した。

「といっても、まだ、影だけでございますがね」

「影……」

「はい。とりあえずはお耳に入れておこうと思ったわけで」

「それはかたじけない。で、どのような影でしょうか」

「実は、こういうことでございますよ」

勘兵衛に用心棒を断わられたあと、政次郎は腕の立つ浪人を探すべく、市中に点在する道場を一軒一軒まわったという。

「なかなか、めがねにかなう者はおりませんでしたが、さる道場で、腕の立つ浪人者を知っている、という話を聞きましてな」

その浪人は、生計《たつき》のため大道で武芸を披露するのを生業《なりわい》としていて、一人百文で木刀を渡し、自らは目隠しをして、これを打たせる。見事に打てれば賞金一両、といった商売をしているそうだ。

「そりゃ、そうとうに……」

よほどの腕自慢であろうと、勘兵衛も思った。政次郎が続ける。

「そのご浪人の仕事場が回向院と聞いて、さっそくに出かけてみました」

「おりましたか」

「はいはい、おりました。しばらく見物いたしまして感心し、水を向けてみたところ、半月ばかり前にも自分の腕を買いたいと言ってきた武士がいたが、我が腕は売り物ではない、とお断わりになられたそうで。それも支度金が十両とのことでございましたよ」

「なに、十両」

「さすがにわたしも驚いて、いったい、どのような人物がと尋ねてみたところ、最初は覆面をしておった、と言うのですよ」

「覆面……」

「武芸達者なご浪人は、人にものを頼むのに面体を包んだままでは失礼であろうと言ったところ、覆面を脱いだそうですがね。これが、お聞きしていた熊鷲三太夫の特徴に、よく似ておったというわけです」

「なんと」

なにゆえ亥之助が、腕利きの浪人を金で雇おうとしたのか。

(俺に追われていると知ってのことか)

「で、結局、その浪人は、その話を断わったんですね」

「そのようでございます。わたしめも、また見事に断わられましたがな」

政次郎は不敵に笑い、

「でも、まあ、それであきらめるような［千束屋政次郎］ではございません。もう少しねばるつもりでおりますが、それよりそのご浪人が、ちょっとおかしなことを申しました」

「と言いますと」

「はい。その頰に傷ある熊鷲と思われる男、断わられたあと、さらにご浪人に、弓の上手に知り合いはないか、と尋ねたそうでございますよ」

「え、弓でござるか」

「そのようでございます。ま、今はまだ影ばかりでございますが、熊鷲は、どうやら大枚《たいまい》の金を餌に、腕に覚えのある浪人や弓の上手を探している様子。そういったとっかかりさえ出てくれれば、もう、こっちのものでございますよ。きのうから子分たちを四方に飛ばして、情報を集めているところでございますから、今しばらくお待ちくださいませ」

「いや。それはまことにかたじけない。どうかよろしくお願いいたします」

礼を言いながら、勘兵衛は考えていた。

半月ほど前というと、須崎村から熊鷲三太夫こと亥之助が姿を消したころに一致する。

さらに――。

最勝寺から権造の舟に乗り、亥之助が降り立ったところが相生町河岸で、そのあたりは勘兵衛自身も確かめてみた。それが回向院から目と鼻の先である。

［千束屋政次郎］の言う影は、まさに亥之助のことであろう、と勘兵衛には信じられた。

3

二日後の朝、勘兵衛はいつものように猿屋町の家へ向かった。

〈七曲がり〉を五度目に曲がった左側は、挙母《ころも》藩一万石で寺社奉行の本多長門守の屋敷で、それと猿屋町を隔てる辻に辻番所がある。

そこに飯炊きの長助が立っていた。

そして勘兵衛を認めると、小走りに寄ってくる。

辻番所のところを左に曲がると甚内橋というのがあって、三味線堀から流れきた鳥越川に架かっている。

橋の名に、それなりの曰《いわ》くはあるが、今は長助が、なにやら急《せ》いているらしいから、曰くはいずれのことにしよう。

「ああ、旦那さま」

鬢《びん》の半ばが白い長助が、ふと周囲を見まわしてから小声になって、

「例の、頬傷の男のことでございます」

「お、見つけたのか」

「いえ、見つけたわけではございませんが、目処《めど》らしきものを」

「おお、そうか。それはお手柄だったな。よし、とりあえずは町宿で、ゆっくりと聞かしてもらおう」

おそらくは勘兵衛を、今か今かと待っていたらしい長助をねぎらって、諸国酒屋の［常陸屋権兵衛］店《だな》、路地へと入っていった。

長屋の井戸場では、もうすっかり顔馴染みになった近所のおかみさん連中がたむろしていて、いやに丁寧な挨拶を送ってきた。

「いつもとは、なにか様子がちがうな」

勘兵衛がつぶやくように言うと、

「へえ、なんですか一昨日《おととい》に、どこぞの親分が、旦那さまを訪ねてこられたそうで……」

「ああ、［千束屋］のことかな」

「それそれ、そのことがきのうのうちに長屋じゅうに知れ渡ったようで、なんだかかわ

かりませんが、はい、急に皆さん、親切になられたので驚いております」

これまでは、若いのに奉公人を二人も持っている勘兵衛を、どこか胡散《うさん》臭げに遠巻きにしていたのである。勘兵衛は、改めて［千束屋］の力というか、評判を思い知ったのであった。

勘兵衛の指示で、相生町河岸付近を聞き込んでいた長助だったが、

「きのうの夕刻のことでしたが、二ッ目之橋より東に［いづや］という貸し船と船宿を兼ねた店がありまして、そこの下女をつかまえて聞きましたところ――」

――左頬に傷のあるお侍さんなら、今月の半ばくらいから、ここに十日ほども居続けていなさったがね。

ということであったらしい。

「そこで、さらに詳しい話を聞いたんですが、なんと六日前に、いや、きょうだと七日前になりますが、すでに宿を出たあとでございまして……」

言って長助は悔《くや》しがる。

「七日前というと、二月の二十日のことか」

すると、勘兵衛が須崎村で柴任三左衛門と別れたあと、一ッ目之橋付近をうろついたとき、亥之助は、すぐ近くに潜伏していたことになる。

（おのれ、亥之助……）

　ようやく影をつかんだかと思ったときには、いつも一足ちがいに姿を消している相手に、勘兵衛は歯嚙みする思いだった。

「しかし、［いづや］か。その船宿に十日間も……いったいなにをしていたのであろうか」

「ああ、それも聞きだしてまいりました。その［いづや］の舟で、毎日毎日、朝から出かけていたそうです。それも、気まま頭巾を必ずつけて、と聞きましたときには、わたしゃ、自分を殴りつけたくなりましたよ。と言いますのも……」

　相生町河岸付近から発着する舟の船頭に目をつけて聞き込んでいた長助は、それより以前に、気まま頭巾の侍のことを聞いた覚えがあったそうだ。

「気まま頭巾といえば、目だけを出した覆面じゃございませんか。どうしてそのとき、すぐに気づかなかったかと、わたしゃ、悔しくて悔しくて……」

「まあ、そう悔しがるな。頰の傷も目立とうが、気まま頭巾というのも、良い目印だ。今後の役に立つだろう」

　言いながら勘兵衛は、回向院で浪人者を雇おうとした亥之助らしいのが、覆面をしていた、という事実を思い浮かべていた。

そして両者は、ぴたりと重なった。

すると亥之助は、普段から気まま頭巾を着用して行動していることになる。

それは頰の傷を隠すためか、あるいは面体を知られぬためか――。

（なぜ？）

勘兵衛が亥之助を探していると察知したためか、それとも――。

（うむ。なんだか、面白いことになってきそうだぞ）

勘兵衛は、直感的に思って、少しむずむずした気分を味わっていた。もはや、倦んでいた心は霧消している。

「ところで、その気まま頭巾は、舟でどこへ行っていたのだろうな」

「聞いた相手が下女なので、そこまでは。しかし船頭に聞けばわかりましょうな」

「そういうことだ。よし、ではこれから、その［いづや］へ行ってみようか。長助、案内してくれるか」

「はい」

そのとき二人の話を熱心に聞いていた八次郎が、

「旦那さま。わたしも」

「いや、すまぬが、三人ぞろぞろと行くこともあるまい。いずれ手伝ってもらう機会もあるだろうから、おまえはきようも、輪講にいけ」

「やっぱり」

八次郎が、少しむくれた。

4

さて、本所は相生町五丁目の「いづや」であった。

竪川が大川に注ぐ川口に、一ッ目之橋が架かるところからはじまる相生町河岸は、二ッ目之橋を過ぎても、まだ続く。河岸に積まれているのは材木だった。

だから相生町河岸に面する町家や商家は、すべてが竪川の方向に玄関を向けている。

それが二ッ目之橋を越えてすぐの一画だけ、河岸に逆向きに建つ家が、三軒あった。

それぞれが〈かしふね〉と〈ふねやど〉の二ッ看板をかかげている。一番手前が「いづや」だった。

さっそく勘兵衛は、主人に話を聞いた。

「そのお侍さんのことなら、よく覚えております。この宿の客といえば、遠方より舟運で、材木や石材などを運んできた水夫《かこ》たちばかりで、お武家さまなど、めったに泊まることがございませんからな」

「なるほど、十日ほども滞在したと聞いたが」

「さようです。珍しくもあり、少しは不気味でもありましたから、出立する、と言われたときは、いや実際のところ、ほっとしたというのが正直なところでございまして……」

言いながら「いづや」の主人は、帳場の帳面に手を伸ばし、ぱらぱらめくって確かめてから答えた。

「ええと、宿帳では、遠州役人山川猪兵衛となっておりますな」

「ふうん。山川猪兵衛と名乗っておったか」

偽名は、山路亥之助の、もじり、とすぐにわかる。

(芸のない話だな)

と、勘兵衛は思った。

「で、逗留の日付は、どうなっているかね」

「はい。はじめていらしたのが今月の十日、ご出立が二十日になっております」

「いづや」の主人は、帳面を軽く叩いた。

今月の十日というと、やはり、抱え百姓の権造の舟で相生町河岸に着いたその足で、亥之助はこの「いづや」に入ったものと思われる。舟を直接「いづや」につけなかったのは、この宿を知られたくなかったのだろう。

そして七日前に、どこかへ消えた——。

勘兵衛には亥之助が、本多出雲の屋敷に戻ったとは思えない。亥之助は柴任の話からすると、屋敷からの使いで須崎村の抱え屋敷を出たのだ。

おそらく使いは深津内蔵助からのもので、亥之助はその指示に従ったと思われる。

「ところでご主人、ここは、大和郡山藩と、なにかご縁がござろうか」

「は、大和郡山……」

主人は、きょとんとした顔つきになり、

「いや、あまりお大名筋とは……、なにしろ先ほども申しましたように、水夫を相手の商売でございまして」

嘘はないようであった。

そこで勘兵衛は、質問の方向を変えた。

「では、客はどうであろう。この山川猪兵衛のところに、誰か、訪ねてきた者はいなかったかな」

「ああ、それなら」

主人は反応した。

「やはり、お武家さまで。あれは、初午の日でございましたか」

亥之助が「いづや」に入った翌日のことだ。

「ほう。どのような人でしたか」

「はあ、とにかく、えらく威張っておいでの方でございましたが……。手前らは山川さまの上役ではないかと、はあ、思っておりました」

深津内蔵助ではなかったのか、と、勘兵衛は思ったが、根拠はまったくない。

「衣服の色は、洗柹ではなかったか」

「さて……、どうでしたか。そうそう、たしか紺地に浅黄の唐桟《とうざん》の着流しで、蝙蝠《かわほり》羽織をお召しでございましたな。おまけに頭巾をされておりましたので、お顔のほうもわからずじまいで……」

（かなり用心をしているな）

なにやら、秘密の匂いが、ふんぷんと漂ってくる。

蝙蝠羽織は少し前に流行したもので、丈が短くコウモリが羽を広げたような形をしている。振り袖ふうになっていて、家紋などを隠すことができた。

「さようか。で、その山川猪兵衛だが、毎日舟で出かけていたそうだが、それは、この家の舟であろうか」

「はい。我が家は貸し舟も営んでおりますんで」

「では、山川を乗せた船頭にも、お話を伺いたいのだが」

「ははあ、船頭に、でございますか」

主人がしぶったような口調になったのに勘兵衛は、

「できれば、これから舟をお借りして、山川が行った先先を案内してもらいたいんだ。借り賃は、はずむぞ」

かぶせるように言うと、

「ああ、それなら、うちの才蔵が、いつも山川さまの番を勤めておりまして、ちょうど、はあ、都合良く裏におります。では、しばらくお待ちを」

商売っけを出して、いそいそ裏にまわった。

「いや、たいした駆け引きで」

そばでかしこまっていた長助が、そう誉めたあと小声になって、

「舟に乗ったら船頭に、こっそり酒手をはずんでやってください。それで、ずいぶんと舌もなめらかになりますから」

「おう、そうしたものか」

勘兵衛はうなずき、

「小粒ひとつくらいでよかろうかな」

聞くと長助は、

「もう、そりゃあ、大喜びでございましょう」

うむ。では長助にも、あとで小粒ひとつを褒美にやろう、と勘兵衛は思っていた。

5

「いづや」は裏手が桟橋になっていて、そこに数艘の舟がもやわれている。他の船宿も同様であった。

「へい。足元にお気をつけなすって」

才蔵と名乗った船頭が舟を支えるのに、勘兵衛は長助とともに舟の人となった。

「気まま頭巾のお侍が行った先を、残らず案内すればいいんでやすね」

尋ねた才蔵に勘兵衛は、

「そうしてもらうつもりだが、ずいぶん、あちこちと行ったのか」

「へえ、それはもう。ええっと、ひぃの、ふうの……」

指折り数えて、

「ざっと、五ヶ所でござんしょうか」

「たとえば？」

「北は、両国広小路、それから浅草の橋場《はしば》、南のほうじゃ永代嶋《えいたいじま》の八幡さまあたりが、多うございやしたね」

「ふむ、両国に浅草の橋場か」

考える勘兵衛に、

「ま、とりあえず舟を出しまさぁ」

桟橋を突いて、舟は竪川に流れ出た。まずは大川の方向へ向かう。

「あ、これは少ないが酒手にでもしてくれ」

舟が二ッ目之橋をくぐったところで、勘兵衛が小粒をひとつ差しだすと、

「あ、こりゃ、どうも。ありがたく頂戴いたしやす」

才蔵は左手で櫓を握ったまま、右手でちょんちょんと器用に手刀を切って受けとり、懐に入れた。

「で、どちらから、まわりやすかね」

「そうだな。浅草の橋場からだと、たぶん浅草寺に向かったのであろうな」

「へい、そのようで。ぶすっと、あまり口をきかないおひとでしたが、どうも賑やかなところがお好きみたいで、見せ物とか大道芸人が集まるところはどこか、などとお聞きになりましたよ。となりゃあ、一に浅草寺奥山、二に両国広小路、あとは回向院か、ちょっと離れて洲崎の永代寺門前か、永代嶋八幡宮くらいだろうとお答えしたんですが」

「永代嶋八幡宮というと？」

勘兵衛は、ずいぶん江戸の町を歩いたが、本所や深川あたりは、まったく土地勘がなかった。

「へい、深川も東南のはずれで、こう海に突き出た御崎《みさき》がありやして、そこに建つ八幡さまでございますよ。眺めはいいし、茶屋の女は若くてきれいだし、岡場所なんかもありますからね。まあ、男どもの天国というんで、よく賑わっているんでさあ」

「ほほう」

そのとき長助が、

「まあ、なんです。ずいぶんと辺鄙《へんぴ》なところなので、お上も特別のお目こぼしをしている風流絃歌《げんか》の巷《ちまた》でございますよ。でも、まあ、近ごろは周囲の海に砂を入れて干拓をすすめておるようですから、近いうちに景色もずいぶんと変わってくるでしょう」

と補足する。

「ということは、やはり、見せ物や大道芸人などが集まるところか」

「そういうことです」

長助はうなずいた。

すると……と勘兵衛は思った。

［千束屋］の話では、亥之助は回向院で、腕利きの浪人に声をかけ断わられている。

となれば、そういった盛り場には、手練れの浪人者、あるいは弓の遣い手を探しにいったのではないか、と思える。

才蔵も、

「まあ、回向院は歩いていけますから、あれは見せ物見物か女郎買いだろうと、あっしも思っておりましたんでさあ」

と言う。

「それ以外は？　あと二ヶ所あるといったな」

「はい、はい。それがどうも妙なところで。ひとつは八丁堀で、もうひとつが、ええっと、先ほど言いやした八幡さまへ抜ける川道があるんでやすが、その川口付近でしてね。なにがあるといやあ、寺が二つ三つ、ほかにはなんにもない、さびしいところでさあ」

その間にも舟は一ッ目之橋をくぐり、今にも大川へ出ようとしている。

「では、そのさびしいほうから行ってみようか」

「合点」

舟は、左手に水戸公の石置き場を見ながら、中州を避け、大川を行き交う舟運の仲間入りをした。石置き場を過ぎたあたりは御船蔵《おふねぐら》で、さらに進むと、御座船〈安宅《あたけ》丸〉が巨大な舳先《へさき》を見せていた。

四十年以上も昔に造られたこの軍船は、先の将軍家光を品川で試乗させたのちは、この深川に繋がれて、もう三十九年も動いたことがない。

「そのさびしいところは、なんていう町だ」

勘兵衛が尋ねると、

「さて」

才蔵は首をひねって、

「あっしらは、海、と言ってますがね」

「海？」

「へえ、石川島や佃島の少し手前になりますが、あのあたりは、もう、ほとんど海でございやすからね。そうそう、昔は大島っていう島だったから、大島町というひともいれば、蛤《はまぐり》町と呼ぶひともおりまさあ」

「蛤町……」

「へえ、なんでも大権現（家康）さまに、そこの住民たちが蛤を献上したからとか聞きやしたが。多少の田地はあるようですが、あとは漁師が多いところでさあ」

才蔵が説明するのに、長助が言った。

「近ごろ、越中島《えっちゅうじま》とも呼ばれだしたところではないかな」

「ああ、そういえば、そんなふうに呼ぶひともいやしたね」

才蔵がうなずくと長助は、

「小島があったあたりを築地《つきじ》して、久能山惣御門《くのうさんそうごもん》番の榊原越中守に下されたのですが、その拝領屋敷は、わずか数年で風と波に洗われて、崩れ去ったというところです。ですから、もう誰も家など建てようというひとはおらず、今は石置き場になっているそうでございますよ」

と説明をくわえた。

「なるほど……」

なぜ、そのようなところに亥之助は出向いたのであろう、と勘兵衛は考える。

「気まま頭巾は、そんな辺鄙なところから、どこへ行ったか、見当はつかぬかのう」

「へえ。あそこへ立ち寄ったのは、たった一度でございやした。一刻ばかり待たされましたが、さて行き先となると、ちょっと見当がつかねえなあ」

「ほう、一刻で戻ったのか」

それなら、それほど遠方ではなかろう、と勘兵衛は思う。

「とにかく、おかしなお方でございやしたよ。こっちがお愛想を言っても返事もしないくせに、ある時は突然、〈薬食い〉の店を知らんかとお聞きになったりね」

「〈薬食い〉というと、猪とか鹿とかの肉のことか」

肉食禁忌のこのころ、身体に滋養がつく薬の口実で獣肉は食べられていた。それで〈薬食い〉という。

「へい、さようで。麴町《こうじまち》の平川《ひらかわ》天神の近くに［山奥屋］とか［甲州屋］などがありますんで、お教えはしたんだが」

「ふうん」

いったい、獣肉をどうしようと思ったのか——。

だが、今は考えるより、少しでも才蔵から情報を聞き出したかった。

「ほかには、なにか、言っていなかったか」

「さあて……」

才蔵はしばらく考えていたが、

「これといって、ござんせんねえ」

とのことだった。

川の流れに乗って、舟はどんどんと進む。前方右手には大きな中州があり、その先には石垣と長屋で囲まれた大名屋敷が櫛比《しっぴ》する霊巌島《れいがんじま》が望まれる。川が二手に分かれるので、この大川で〈三つ俣《みまた》〉と呼ばれるところであった。

その左手には、小名木川に次いで仙台堀が川口を見せてくる。こうやって大川を舟で下ると、右からも左からも、次次と川や堀が大川に入り込むのがわかる。江戸は舟運の都市だと実感できた。

〈三つ俣〉の先は、諸国より荷を運んできた大小の舟が碇泊する湊《みなと》になっていた。才蔵は、巧みに櫓を使って、舟の間をすり抜けるように進んだ。

のちにこのあたりに新大橋や永代橋が架かるが、このころ大川に架かる橋は、千住大橋と両国橋の二本だけで、両国橋より下流に橋はなかった。

霊巌島の先に石川島が見えてきた。その石川島の手前を、舟は斜め左に入っていった。

右手には、あたり一面、どこまでも続く石、石、石の群れが連なり、その際《きわ》は川水とも海水とも知れぬ波に洗われている。折しも石積み舟が接岸し、多くの石人夫たちが荷下ろしの最中だった。

「あれが、先ほど申しました榊原越中の拝領屋敷跡ですよ」

長助が言うのに、勘兵衛はうなずいた。

「へい。こちらでございまさあ」

才蔵が舟を接岸させたのは、川口から三町ほど入ったところの河岸で、向かいには、まだ石積みの広場が続いている。

「あれは？」

勘兵衛が指さしたのは、少し離れて大名屋敷のように見える一画だった。

「ありゃあ、松平伊豆さまの下屋敷でさあ」

「ははあ」

かつての老中で、知恵伊豆といわれた信綱はすでに故人だから、今は嫡子の綱輝の屋敷だ。七万五千石の川越藩主であった。

「しばらく待っていてくれ」

周囲を確かめるため、勘兵衛は長助とともに陸へ上がった。

少し足がふらついた。気分もよくない。

（船酔いをしたか）

考えれば、これほど長く舟に乗ったのは、はじめての体験である。勘兵衛は船酔いを長助に悟られぬよう、足を踏みしめるようにして歩いた。

なるほどなにもない。あるのは漁師小屋や、ごちゃごちゃと入り組んで建つ、粗末な藁葺きの家ばかりである。得体の知れない小屋もある。漁にでも出かけているのか、人影さえない。

むしろを広げ、小鰯《こいわし》を干している老婆を見つけた。

「ちょっと尋ねたいのだが」

勘兵衛が声をかけると、老婆は小屋のような家に逃げ込んでしまった。

「ふむ……」

勘兵衛は苦笑するしかない。

（さて、亥之助は……）

このようなところに、なにをしにきたのだろう。

川沿いを、道なりに歩いていくと寺が二つ並んでいた。川はその先で三叉になっていて、そのまま歩きつづけていくと、やがて才蔵が待つ舟に戻ってしまった。

(なるほど、島だな)

四方を川で取り囲まれた地形だとわかった。だが、これといって、気を引くようなものはなかった。江戸の町なら随所にある、辻番や自身番所さえない鄙《ひな》なる土地柄だ。

「じゃあ、八丁堀のほうへお願いしようか」

勘兵衛たちは、再び舟に乗り込んだ。

6

才蔵が次に舟をつけたのは、八丁堀・中ノ橋を過ぎたあたりの河岸だった。

向こう岸の北八丁堀に対して、舟がついたところは南八丁堀という。

「いや。ご苦労だったな」

ここからなら日本橋も近い。それに船酔いもあったので、勘兵衛は舟を帰すことにした。

「お顔の色がすぐれませんが、大丈夫でございますか」

長助が心配そうに言う。

「うむ。大丈夫だ」

実のところ、勘兵衛は吐き気をこらえている。

「船酔いでございましょう。しばらく休まれたほうが、よろしいかと」

「うん。そうだな」

長助を相手に、意地を張ることもあるまいと思い返し、勘兵衛は河岸で、しばらく川風にあたることにした。

このあたりには藍玉《あいだま》問屋が軒を連ねている。さらに西には足袋問屋やら、明樽《あきだる》問屋やらの大店が並んでいた。

「このあたりも、大店が多いな」

勘兵衛が言うと長助が答えた。

「はい。この近辺は御用商人が多うございますからな。ほれ、この先に」

と西を指し、

「この八丁堀と交《まじ》わって、左右に交わる堀川を楓川と言いますが、その向こう岸から北を本《ほん》材木町と申しまして、最初に江戸城を造営するとき、その木材を調達する御用商人が小屋掛けしておったのが、名の起こりです」

なるほど、それで付近に御用商人が多いのか、と勘兵衛は思った。

（では、亥之助は……？）

そのような大店に、なにか用でもあったのであろうか。

(それとも……)

やはり見当がつかない。

どうにも、これといった手がかりを見いだせぬ。

しばらく川風にあたったためか、勘兵衛の気分も落ち着いてきた。

「待たせて悪かったな。もう大丈夫だ。ちょっと付近を歩いてみるか」

八丁堀沿いに、長助が言った楓川のほうへ歩く。南八丁堀三丁目から二丁目と過ぎ、一丁目から本材木町に渡る橋は弾正《だんじよう》橋という。

「お!」

思わず勘兵衛が足を止めたのは、その橋の向こう、さらに手前の楓川河岸地に、ずらりと石屋が建ち並んでいたからである。

「………」

石工《いしく》たちが、そこかしこで鑿《のみ》をふるう音も響いてくる。

(これは……)

単なる偶然だろうか……と勘兵衛は思った。

越中島で見た、あの膨大な石材の数かず——。

（一ッ目之橋あたりでも見たな）

［いづや］を舟で出て、一ッ目之橋から御船蔵あたりまで、やはり石置き場であった。

なにか、もやもやとしたものが、頭の中を駆けめぐる。

（これは、じっくり考えてみなければならぬな）

勘兵衛は、そう思っていた。

暗殺者

1

（まてよ……）

あることを思いついて、勘兵衛は寝床の中で目を開いた。しばらく目を凝《こ》らしたが、目が闇に慣れることもなく、かすかな物音さえ耳には届いてこない。

すでに町は眠りの底にある。晦日《みそか》も近いから月は細く、わずかな光を投げかけてはいるのだろうが、この居候部屋にまでは届かない。

一ッ目之橋近くの石置き場、越中島の広大な石置き場、そして本材木町あたりで見た石屋の数かず……。

あれは単なる偶然だったのか、それとも亥之助の謎の行動を解き明かす、一筋の糸道なのか――。

あれから勘兵衛は、楓川の河岸地で鉄槌《つち》と鑿を振るっていた石工の一人に尋ねたところ、石工《いしく》は近くの石問屋の使用人であった。

さらに質問を重ねると、そのような石問屋は南八丁堀一丁目に二軒、本材木町八丁目に四軒と、あの界隈だけで六軒もの石問屋があることがわかった。それぞれの石問屋は諸国の名石を扱っているが、その産国によって特徴がある、という話だった。

そんなこんなを沈思しているうちに、つい勘兵衛は寝そびれていたのだが――。

――〈薬食い〉の店を知らんか。

船頭の才蔵が亥之助から聞かれた、という昼間の話をふいに思い出し、思わず勘兵衛は目を見開いたのであった。

(あのときは、なぜに亥之助が、獣肉になど……)

興味を持ったのかと考えたが――。

深ぶかとした夜の片隅で、いま勘兵衛は身内の血流が奔流となって駆けめぐるような興奮を感じていた。

(亥之助は、弓の上手を探していた……)

それと獣肉を結びつけると、新たな風景がほの見えてくる。

にきた。

（あるいは、鉄砲か）

越前大野近くの山村にも、〈鉄砲ブチ〉と呼ばれる山猟師がいて、猪肉《ししにく》などを売りにきた。

もちろん百姓に鉄砲は御法度なのだが、東北を中心に〈マタギ〉と呼ばれる特殊な山岳の民がいて、これは〈熊胆《くまのい》〉を献上することを条件に、特別に鉄砲を許されている。

〈マタギ〉たちには、土地に定着する〈里マタギ〉と、狩猟の旅に出る〈旅マタギ〉に分かれて、いつしか各地に〈マタギ集落〉が形成されていったと聞いたことがある。

亥之助は、そんなところに目をつけたのではないか。

（では、なにゆえに……）

亥之助は弓の上手や、〈鉄砲ブチ〉に興味を持つのか。

ところまで考えれば、道は一本に繋がってくる。

勘兵衛は、はじめて［和田平］に行ったとき日高老人から、本多中務大輔と本多出雲守の長い確執の歴史を聞き、熊鷲三太夫と名を変えた山路亥之助が、暗殺者ではないかという示唆を得ている。

（まさか）

とは思うが、弓や鉄砲となると、これはおだやかではない。
だが、そんなことは可能か。
(月次登城《つきなみ》か)
五節句と、毎月定められた日に大名は江戸城に登城の義務を負っている。
その大名行列を襲おうというのか。
(無理ではなかろうか)
いや。
と勘兵衛は、むっくりと布団から身体を起こしていた。
(参勤交代!)
大人数の護衛はつく。
だが、長い長い道中である。しかも人里離れた山道もあれば、峠道もある。
「うーむ……」
思わず勘兵衛は、声を漏らした。

2

その日［千束屋政次郎］は、用心棒の横田と、［へっついの五郎］と呼ばれる子分を連れて、麴町平川町に向かった。

ほかにも、立ち寄りたいところがあった。

この二日間、政次郎は江戸じゅうの盛り場へ子分を向かわせ、落合勘兵衛と約束をした〈影〉の探索に余念がなかった。

〈影〉とは、頰に刀傷のある、あるいは覆面姿で腕の立つ浪人や弓の上手を金で釣ろうとする、熊鷲という侍である。

その結果、子分たちは回向院のほか、浅草寺奥山、さらには永代嶋八幡宮に〈影〉をとらえてきたが、それらはすでに十日以上も前の目撃談で、まさに影でしかない成果だった。

浅草寺奥山では、孔明《あなあ》き銭一枚に紐を通したのを少女に持たせ、それを三間（五・四㍍）の距離から弓を射《い》て銭だけを落とす、といった芸を見せ物小屋で披露していた浪人者に〈影〉が近づいている。

それ以来、弓芸の浪人は見せ物小屋からいなくなったそうな。

また永代嶋八幡宮では、小蜜柑を空中に投げて、これを矢で射抜くという芸を見せながら破魔矢を売っていた浪人も〈影〉と接触して姿を消したという。

そういった情報が集まってきているところに、今朝早く、勘兵衛が［千束屋］を訪ねてきた。

——また勝手ながら、お願いしたきことがある。

勘兵衛が頼んできたのは、平川町の〈ももんじ屋〉のことである。獣肉を手がける店をこう呼んでいた。

そこに〈影〉が姿を現わした可能性がある、と聞いて、もちろん政次郎は胸を叩いた。

きょうの勘兵衛は、政次郎が三日前に猿屋町を訪ねたときに会った若侍と、鬢が半分ほど白くなった下男らしい者と同行していて、これから越中島のほうで調べたいことがあると、用だけを告げて立ち去っている。

「ねえ、横田先生」

外桜田から桜田堀に沿う、さいかち河岸を北に進みながら政次郎は言った。

「あの落合さんという若者、さむれえ、にしておくのは、ちょっと、もったいねえなあ」

「はあ？」

横田は目をぱちくりさせて、

「親分は、いったい、なにを考えておられるのかな」

「いや、いや、なにも考えてはおらぬがな」

その実、政次郎は、勘兵衛に娘のおしずを添わせる手だてがないものか、などと考えているのであった。要は勘兵衛に武士を捨てさせ、自分の跡継ぎにしたいのだ。

と、そうこうするうちに、やがて平川天満宮も近くになった。

［甲州屋］と［山奥屋］と二軒の〈ももんじ屋〉があるために〈けだものたな〉とも呼ばれるのは平川町三丁目で、政次郎は、まずは［甲州屋］に入った。

「ごめんよ。わたしは両国の葭町で［千束屋］という割元を営む政次郎というんだが、ちょっとお尋ねしたいことが、ござんしてね」

言うと、［甲州屋］の主人は、

「あ、これは、［千束屋］の親分さんでございますか、お噂はかねがね、はい、はじめてお目にかかります」

「いやいや。そう固くならねえで、ちょいと教えてほしいことがあってね」

だが、この［甲州屋］には、〈影〉がなかった。

次いで政次郎は、五軒ほど離れた［山奥屋］で同じことを繰り返したところ、こちらでは反応があった。

「ああ、それなら、もう七日か八日ばかりも前になりましょうか。おっしゃるとおりの気まま頭巾の侍が、〈ももんじ〉の仕入れ先を教えろとやってこられました」

「ほう。それで」

「仕入れ先など秘密でございますから、お断わりしたんですが、刀をちらつかせるうえに、五両の礼金を出すと言うもんで、つい……、いけなかったでしょうか」

上目づかいになった主人に、

「いや。そんなことはない。で、教えたんだな」

「へえ。できるだけ、江戸から近い山猟師の住処を教えろとおっしゃるんで、武蔵野《むさしの》に住む山猟師を……はい」

「ほう。武蔵野におるのか」

「へい。はぐれマタギが三人ばかり」

「ふむ。武蔵野のどのあたりになるかな」

「久米川《くめがわ》村のはずれに、八国《はちこく》山というのがございまして、へえ、そこに」

「久米川村？」

「田無《たなし》の宿から西のほうで……」

「すると成木《なるき》街道か」

「さようで。成木の追分《おいわけ》から所沢街道に入って、ちょいのところでございます。普段は炭焼きなどしながら、百姓に頼まれて田畑を荒らす鹿や猪を退治しておりますから、近くの農家の者なら誰でも知っておりましょう」

「で、その猟師たちだが、どうやって獣を狩るのかな」

「雉《きじ》などは、矢で射るようですが、やはり、猪や鹿となると鉄砲でございますな」

「なに、鉄砲か」

（ううむ……）

心のなかで、政次郎はうなった。

「ついでのことに、そのはぐれマタギたちの名も聞いておこうかな」

「へい。弥助に熊太、それに熊平といいます」

マタギだけあって名にも熊がついておる、

（そこへ、熊鷲がな……）

妙な因縁だと、政次郎は思った。

「いや。邪魔をしてすまなかったな」

去ろうとしたが、政次郎には、もうひとつ気になることがあった。

「その気まま頭巾の侍だが、風体に、なにか変わったところはなかったか」

「そういえば、脚絆《きやはん》に山袴といったいでたちでございましたか」

さては、その足で久米川村へ向かったな、と政次郎は思う。

「おい、へっついの。ちょいと頼まれてくれねえかな」

[山奥屋]を出たところで政次郎が言うと、

[久米川村まで、足を伸ばせばよろしいんでがしょう」

[へっついの五郎」が即座に答えた。

「ざっと十里近くはあろう。たしか成木街道に関所はなかったな」

「へい。関所がないんで甲州裏街道とも呼ばれてまさあ。その点は大丈夫で」

この成木街道というのは青梅《おうめ》の成木村でとれる石灰を運搬するため、家康が江戸築城御用に整備した街道で、のちに青梅街道と呼ばれる。のちの内藤新宿《ないとうしんじゆく》が、四谷天《よつや》龍寺門前町と呼ばれていた時代で、ここが甲州街道と成木街道の追分になっていた。内藤新宿はまだないので、田無の宿までは中野の宿があるきりだ。神田上水を越えた中野村は、すでに多摩郡であった。

「無理をすることはない。きょうは中野の宿あたりで身体を休めてから行け」

「なに、まだ昼前でござんすよ。田無までひとっ走りで行ってきまさあ」

「へっついの五郎」は勢いよく走りだしていった。

その後ろ姿を見送りながら横田が、

「戻ってくるのは、あさってになるだろうな」

「うん。明日じゅうは無理ですな」

政次郎は答えて、

「だが、こちらも、これからが大変だ」

「と、いうと」

「これから、熊鷲と名乗った侍が、どこの誰を金で釣ったのか、それを探ってみようか、と思いましてな」

「そんなことができるのか」

横田が驚いた顔になった。

「見せ物小屋に、大道芸。それぞれに元締めがいやすからな。そこをあたればわかるはずでさあ」

「あ、なるほど」

「とは言うても、これがなかなかに厄介でして。盛り場ごとの香具師《やし》の元締めに会えばすむかといえば、そうもいかん」

一口に大道芸というが、歌舞伎や人形浄瑠璃の舞台を、長吏《ちようり》頭の弾左衛門《だんざえもん》が支配下に置いていた時代である。その世界は複雑で、車《くるま》善七や品川松右衛門といった貧人頭が仕切っているのもあれば、乞胸《ごうむね》といって、見せ物や草芝居を仕切る乞胸頭の長嶋磯右衛門もいる。そこに土地土地の香具師の元締めが絡んでいるからややこしい。互いに明確な区別がつけられず、恒常的に軋轢《あつれき》を繰り返しているうえに、願人《がんにん》坊主の組織もくわわって、幕府でさえ手をこまねく世界なのだ。

(だが、やるしかなかろう)

〈影〉を確実に日の下に引きずり出すためには、厄介でも、それしかなかろう、と政次郎は考えていた。

厄介ではあるが、これを子分に任せるわけにはいかない。相手は元締めや頭たちだから、自ら出かけて頼まねば、仁義も通らないし、鼻も引っかけられない。

(一日、二日では、すまぬだろうな)

政次郎は、そう覚悟を決めている。

そのころ勘兵衛は、越中島近くの深川大島町《おおじま》から永代寺門前にかけて、八次郎や長助と手分けして、怪しい建物を中心に探索していた。

というのも——。

昨夜、眠れぬままに勘兵衛は、亥之助が徒党を組んで本多中務大輔政長を襲撃するつもりではないかと考えたのだ。

もちろんこれは本多出雲守がらみで、直接に命令を下したのは、江戸家老の深津内蔵助であろう。

深津は中務大輔側に亥之助が顔を知られていないことを利用して、ひそかに政長暗殺計画の実行役とした。事が露見しても累《るい》が及ばぬように、亥之助には偽名まで与え、市井の浪人者を集めて、これを実行部隊にしようという計画である。

では亥之助は、そうやって集めた部隊を、実行の日まで、どこに収容しておくのか、ということを勘兵衛は考えた。

このとき勘兵衛の脳裏に浮かんだのは、二十数年の昔に起こったという慶安《けいあん》事件のことであった。幕府転覆を謀《はか》った、由井正雪《ゆいしょうせつ》の事件である。

そのとき多くの浪人者は、丸橋忠弥の道場ほか、江戸近郊の無人の堂や、海辺の漁師小屋などに潜《ひそ》んでいたと聞いた。

そして勘兵衛は、きのう長助とともに舟を下り、四方を川で囲まれた大島町とか蛤町とか呼ばれる一画を歩いてみた印象を思いだしている。漁師小屋や得体の知れない小屋がたくさんあって、自身番所もないような辺鄙なところだ。

不逞《ふてい》浪士の隠れ家としては、まさにうってつけの場所だと考えたのだ。

そうして不審な小屋や建物を一軒、一軒あたって歩いているのだが、行き合うのは漁師やその家族、あるいは石人足たちばかりで、不審な浪人者の片鱗さえ見いだすことができない。また、そういった浪人を目撃したひとさえいないのだ。

(的はずれであったか)

勘兵衛は、そう思いながら、やはりあきらめきれずに歩いていた。

3

きょうあたり、多摩の久米川村へ向かわせた［へっついの五郎］が戻ってくるはずだ。

そんなふうに政次郎から連絡がきて、勘兵衛が［千束屋］に出向いたのは、桜も満開となり、月も弥生に変わった日であった。

その政次郎本人は用心棒の横田を連れて、きょうは、浅草の小屋頭のところに行っている。孔明《あなあ》き銭を矢で射る見せ物をしていた浪人の身元調べだ。

永代嶋八幡宮で蜜柑を射ていた浪人は、土地の香具師元締めの線から、すでに身元を割り出している。

永代寺近く、蜆《しじみ》川ほとりに小屋掛けして住む興津《おきつ》と名乗る浪人だが、近ごろ大金を手にしたらしく、香具師元締めへの借金をきれいに払い、すでに小屋を引き払っていた。いずこへ消えたかは、不明であった。

「お昼は、なにがよろしいでしょうね」

政次郎の娘のおしずが、なにくれとなく世話を焼いてくるのに、

「いや、なんでもよい。世話をかけてすまぬな」

五郎を待ちながら、気もそぞろな勘兵衛であった。

(さて、これらのことを……)

日高老人に報らせたものか、どうか——。

勘兵衛が迷っているのは、自身は亥之助の謎の動きを〈政長襲撃〉の準備と見ているが、それはあくまで勘兵衛の勝手な考えであって、具体的な証拠はなにもないからである。

これが［和田平］での会合であったなら、これこれこんなことがあって、と簡単に話せることだが、わざわざ報らせるとなると、大騒ぎになることは必定《ひつじょう》だから、やはり躊躇《ちゅうちょ》してしまう。

だが、次の会合までは、まだ四日も間があった。

本来なら六日ごとの会合のはずが、今回にかぎっては、十日も間が空《あ》いている。というのも六曜は、先勝↓友引↓先負↓仏滅↓大安↓赤口の順で繰り返すのだが、毎月一日の六曜は固定されていて、三月ならば〈先負〉からはじまると決められている。それで、こういうことが起こるのだ。

「落合さま、たったいま、五郎さんが帰ってまいりましたよ」

おしずの声に勘兵衛が顔を上げると、二十代半ばだろうか、いかにもはしっこそうな若者が、

「へえ。あっしが［へっついの五郎］という、けちな野郎で。以後どうかお見知りおきくださいますよう」

挨拶をしてくるのに、

「落合勘兵衛と申す。で、どうであった」

さっそく結果を尋ねた。

「へい。久米川村の熊平という鉄砲ブチが、気まま頭巾の侍《さむれえ》と一緒に、田無のほうへ向かうのを、土地《ところ》の百姓たちが、何人も見ておりやした。ついでに弥助と熊太という鉄砲ブチのところへも確かめにめえったところ、熊太も弥助も家族持ちで、そんな侍は見たこともねえとのことで。で、熊平の野郎は独り身《ひと》ということでござんしたんで、きっと、そっちのほうにメッコをつけたんだろう、というのは、へえ、あっしの勝手な推量でござんすがね」

五郎は立て板に水といった調子でまくし立て、

「おっと、肝心なことを忘れちゃいけねえ。熊平が在所を出たのは、先月の二十三日、もう七日も前のことでさあ。で、土地《ところ》の百姓たちの話では、熊平は菰《こも》に巻いた長いのを小脇に挟んでいたってえから、ありゃ鉄砲を持ち出してますぜ。へえ」

(やはり、鉄砲か)

さて弓と鉄砲の飛び道具を揃えて、いま亥之助は、どこに潜んでおるのか。

(江戸は広い)

探し出す手だては、なさそうだな、と勘兵衛は思った。

実は、亥之助をはじめとする三人の浪人、さらには猟師の熊平を入れて合計五人が、今まさにこのとき、身なりを武士と供《とも》の者といった体裁につくろって、江戸の某所から舟に乗り込もうとしていたのであった。

そのころ［千束屋政次郎］は、浅草寺門前の［奈良茶］で早い昼食を摂り、これから花川戸《はなかわど》へ向かおうとしていた。

浅草田原町に住む［猿《まし》つかいの源助］と異名を持つ、浅草寺奥山小屋頭を訪ねたところ、件《くだん》の浪人者の身元が判明した。

名は早坂生馬《いくま》といって、元は丹後宮津《みやつ》藩七万八千二百石の藩士であったが、藩主の京極高国《きょうごくたかくに》が悪政を布いて父と争乱となり、寛文六年（一六六六）にお取りつぶしにあってしまった。

浪浪の身となった早坂は、妻子とともに江戸に出て仕官の道を探っていたようだが、それから八年、ついには貧に負け、見せ物小屋で射芸を見せて生活するまでに落ちぶれた。孔明き銭を紐に通して持つ少女は、早坂の娘で十歳、ひろ、という名だともわかった。

「いや、どうも、身につまされる話ですな」

早坂が住むという、花川戸町へ向かう政次郎に横田が言う。

「拙者など父の代からの浪人でござるが、藩禄を食《は》んでいたものが突然に路頭に迷い、ましてや妻子まであるとなると、こりゃもう、食うにも事欠きましょうな」

痛ましそうな声になっている。

「そういえば、横田先生は、まだお独り身でしたな」

「はは、いや我ながら甲斐性なしと思いますが、こればっかりは相手あってのことですからな」

横田とそんな話をしているうちに、花川戸町に着いた。早坂生馬が住むのは、戸沢長屋と聞いている。

そこは典型的な〈九尺二間〉の棟割りで、しかも日当たりが悪そうな、俗にドブ板長屋とも呼ばれる裏長屋だった。生活排水を流す泥溝《どぶ》が通路の中央を走っていて、ドブ板が並んでいるから、そう呼ばれる。

「ごめんよ」

たてつけの悪い腰高障子を苦労して開け、政次郎は声をかけた。

「どちらさま?」

少女の声が聞こえたが、内部は薄暗く、ぼうっと小さな人影が動くのが見えたにすぎない。

「こちらは、早坂さまのお宅だね」

横田を戸口に待たせ、一歩入って政次郎は言った。

言っているうちに、政次郎の目も慣れてきた。入ったところは土間で、左に流しがあり、右には小ぶりなかまどがある。

畳ではなく、折敷を敷いているらしい部屋は四畳半、枕屏風の横に少女が座っていた。

「ひろ、ちゃんかい」

政次郎が、そう声をかけたのに対し、

「どちらさま？」

ひろ、と思われる少女は、詰問するような声で、もう一度尋ねてきた。

「ああ、これはすまなかった。わたしは葭町の［千束屋政次郎］というものだ。小屋頭の源助から、ここを聞いてきたんだが……」

と、そのとき枕屏風が、かたん、と鳴った。

「あ、母上」

少女の声でわかったのだが、そこには早坂の妻が臥《ふ》せっていた。枕屏風と少女の陰になって気づかなかったのだ。

「あ、どうぞ。そのまま、そのまま」

あわてて政次郎が言ったのは、夜具から起きあがった妻女が、明らかに顔色も悪く、病らしいとわかったからだ。

だが武家の妻女らしく、きちんと身繕いをしたうえで政次郎に向きあった。

「たしかに早坂でございますが、どのようなご用でしょうか」

「いや、ご主人にお会いして、どうしても尋ねたいことがあったのでな。早坂どのは、いま、いずこにおられようか」

「はあ、それが……」

妻女はうつむき、

「しばらく出かけておりますが、主人に尋ねたきこととは、どのようなことでございましょう」

今度は真っ直ぐに政次郎の目を見た。

(しばらく出かけておる……?)

さては後《おく》れを取ったか、と政次郎は思った。

「いや。おかしなことを聞くようだが、早坂生馬さまの弓の腕を見て、近ごろ、その腕を買おうという人物はいなかったかな。おそらくは手付けに十両、さらになにがしかの報酬を約束したかと思うが、どうじゃの」

「…………」

「というのも、その話、いささか奇妙な話でな。なんらかの悪事に関わっておらねばよいがと、こうしてお話を伺いにまいったのだが」

「やはり、悪事に関わるお話でありましたか」

妻女が悲痛な顔つきになった。

「いや。まだ、そうと決まったわけではない。そのあたりを明らかにしようと、ご主人を雇った男を探しているのだよ」

「いえ。やはり、まともな話とは思えませんでした。わたしが、このように病んでいるばかりに、主人は金の力に負けたのです。無事に仕事が終われば仕官の道も開けそうだし、それがかなわなくとも、小商売くらいはやれる金になると言って……。わたしの反対を押し切って……」

「出かけられたか」

「はい。それもほんの一足ちがいでございます。まだ、間に合いましょうか」

「と、言われると……」

「はい。出かけたのは、つい今朝方のことでございますよ」

「なに！　いずこへ。いずこへ行かれたか、お聞きになっちゃおりませんか」

「深川に、万徳寺《まんとく》とかいう寺がありますそうで、その境内に、きょうの正午に行かねばならぬとしか教えてもらってはいません」

「ふむ。深川の万徳寺に正午か」

すでに正午は過ぎていた。ここからどんなに急いでも、深川までは半刻以上はかかろう。なにより万徳寺が、どこにあるかさえわからない。

政次郎は、歯嚙みしたくなる思いだった。

「なんですか。武家らしく、髪を整えてから行かねばならぬと、昨日は久しぶりに、わたしが月代《さかやき》を剃り髪を結ったのですが……」

妻女が話すことばの語尾が、かすかに震《ふる》えているのが哀れであった。

「で、ご帰宅が、いつになるとは聞いちゃおられんかねえ」

「はい。二ヶ月ほどは帰れぬであろうと」

「なに、それは長いな」

政次郎は驚いた。

(そんなに長く……。すると、遠国にでも向かおうというのか)

「ところで弓はどうされた」

尋ねた政次郎に、妻女は袖で口元を押さえた。まがまがしい想像に、思わずとった行動らしい。

(そうか。弓を持って出たか)

妻女の危惧《きぐ》を水に流すような、なにかことばをかけてやらねば、と政次郎は思ったが、適当なことばは思いつかなかった。

そこで、もう一度自分の名を告げ、

「なにか困ったことがあったら、いつでも訪ねてきなせえ」

とだけ言って、長屋を出ようとした。

「おじさん」

じっと黙っていた、ひろが呼んだ。

「うん。どうした。おひろぼう」

「父上を、父上を連れて帰ってきて」

「おう。そうだな」

(連れて帰ってやりてえな)

つい政次郎の目頭は、熱くなった。

「なに、深川の万徳寺ですと……」

浅草から戻った政次郎の話に、勘兵衛は思案した。

(どこかで聞いたような名だが……)

次の瞬間には、顔がこわばった。

越中島から近い、あの四囲を川で囲まれた漁師町——そこに二宇《にう》の寺院が並んで建っていた。

大きいほうが浄土真宗の因速寺《いんそくじ》、そしてもう一方が、真言系の万徳寺だったではないか。

4

その寺を勘兵衛は二度も見ている。

最初は、[いづや]の貸し舟で行ったとき、二度目は、ついきのうのことで、そのときには境内にまで入っている。無住の寺か、と思えるほど、ひっそり静まりかえった寺であった。

(のくてぇ!)

勘兵衛は、思わず自分に悪態をついていた。

〈のくとい〉とか〈のくてぇ〉は、勘兵衛の故郷の方言で、馬鹿とか、のろまとか、間抜けとかを、一緒くたにしたような罵詈《ばり》である。

（たった、一日ちがいではないか）

どうしてもすれ違ってしまう、亥之助と自分の距離を思い、勘兵衛は悔しかった。

「すぐにも子分たちを、その万徳寺にやって、近辺を聞き取らせましょう。あるいは、まだ近間《ちかま》に潜んでいるということもありますからな」

政次郎が言うのに、

（自分も一緒に行こう）

と出そうになった声を飲み込み、

「よろしくお願いする」

とだけ、勘兵衛は言った。

政次郎の話では、元丹後宮津藩士の早坂生馬という浪人は、およそ二ヶ月ほど留守にすると妻女に伝えている。

（これは、どういう意味か）

勘兵衛はすでに、亥之助とその一味が本多政長を狙って、参勤交代の道中を襲う計画ではないかと考えていた。

だが、日高老人から聞いた話だと、政長が領国の大和郡山へ向けて江戸を発つのは、四月半ばだという。

（まだ、一月半も先だ）

その点が解せなかった。

だが——。

いったいに大名行列というのは、先箱、露払いにはじまり、徒士《かち》組、槍組といったふうに長長と続くが、そんなものは大名の権威を人に見せつけるためだけのものであった。元もとが大名を守るのが目的ではないし、長い平和が続いたせいで、行列を襲うことも襲われることも、誰も考えつきはしない。

さらに行列では、駕籠に乗っているのは大名だけである。だから、行列のどこに大名がいるかは誰にでもわかるのであった。

襲撃の場所さえうまく設定すれば、一挺の銃、あるいは弓矢にても狙撃は十分に可能、と勘兵衛には思われた。

それを数人の弓鉄砲で襲えば、おそらくひとたまりもないだろう。

事実——。

これより百七十年ものちのことになるが、〈明石源内寝覚鉄砲《あかしげんないねざめのてっぽう》〉と題された〈ちょんがれ節〉が、大名行列に関わる大椿事《だいちんじ》を謡っている。

三歳の幼児が大名行列の道切りをしたため手討ちにあい、それを恨《うら》んだ猟師の父が後年になって、木曽路で見事にその仇《あだ》を討つ、という内容だが、これは単なる創作ではなかった。この話は、松浦静山《まつうらせいざん》公の〈甲子夜話《かっしやわ》〉にも書かれている。

皮肉にも、猟師に撃たれて死んだ大名は、勘兵衛の藩主、直良から数えて九代あとの松平斉宜《なりこと》（将軍家斉の五十三子が養子となった）であったが、これは余談。

（ことがことだけに、もう少し熟慮せねばならぬ）

勘兵衛は、そう思った。

襲撃の好適地を探し、準備万端を整える、という期間を考えるにしても――。

国帰りの日より一ヶ月半も前に、というのは長すぎはしないか。

いや、一発必中を期するならば、それくらいの準備期間が必要かもしれぬ。

というふうにも思える。

（よしんば、そうとして……）

ここに二ヶ月、という期間を入れて考慮すれば、

（襲撃地は、江戸より七日以内の地点となるはずだ……）

では、それは、どこだ。

勘兵衛は思念を凝《こ》らそうとしたが、周囲では政次郎が、深川へ向かわせる子分たちに檄を飛ばしていて騒々しい。

（一旦は、居候部屋に戻ろう）

なぜか、あの一室が、勘兵衛にはいちばん落ち着く場所になっている。

5

次の朝、勘兵衛は猿屋町にも寄らず、真っ直ぐ幸橋御門外をめざした。日高老人に会うつもりだ。

昨夜の内に［千束屋］から入った連絡で、亥之助一味の動向がわかった。だが、それは、勘兵衛が頭を絞っても、どうにも理解ができぬ成りゆきなのだ。

焦眉《しょうび》の急、というほどのことではない。

だが勘兵衛は、三日後の［和田平］まで、とても待てなかった。あれこれと鼻元思《はなもとじ》案《あん》を繰り返すのに耐えられなくなった、というほうが当たっているかもしれない。

なにやら切れっ端が一つか二つ足らず、意味が解けない判じ絵を見ているような気がして、勘兵衛は苛立《いらだ》っていた。

（日高さんなら……）

その切れっ端を持っているような気がするのだ。

すでに旧臘《きゅうろう》、勘兵衛は日高の遠縁という口実で、大和郡山藩邸の家老役宅に入り込んだことがある。今度もその手でいくつもりだった。

その手は今回も功を奏して、門番の報らせで、日高本人が門まで出てきた。

「おうおう、ようきたの。ま、こちらへ」

相変わらずの狸親父ぶりで、日高は勘兵衛を家老役宅内の用人部屋へ招き入れた。

「突然、このように参上して、申し訳ござらぬ」

「いやいや。驚いた。で、なにかござったかの」

「いや、実は、例の熊鷲三太夫の、その後のことでござる」

「須崎村から姿を消したと聞いたが、それからのことかな」

前前回の「和田平」で、そのことはもう日高や別所に話している。

「さよう。須崎村を出た熊鷲は、その足で「いづや」という船宿に入り、そこで十日間逗留したことが判明いたした」

「ほう、船宿にか。さて、また、なぜそのようなところにのう」

まるで日向《ひなた》ぼっこの猫のように、悠悠閑閑《ゆうゆうかんかん》とした受け答えをしていた日高だったが、

「なに、弓の上手をか！」

勘兵衛が順を追って話すうちに声を荒げ、

「なんと、鉄砲までもか！」

すでに面体は紅潮し、今にも腰を浮かそうとする。

おそらくは日高も勘兵衛と同じく、ことの重大さに気づいて、さっそくにも家老へ報告に行きたいらしい。

「いや。まだ続きがござる」

「お、おう、そうなのか」

日高は浮かしかけた腰を下ろした。

「その一味、実は昨日、石積船《いしつみせん》にて真鶴《まなづる》方面へ向かったよし……」

「なんと！」

勘兵衛が言うなり、皆まで聞かず、日高老人は立ち上がった。

「落合どの、しばらく待たれよ。帰るでないぞ」

言い残すと日高は、あたふたといずこかへ消えた。

（さては……）

真鶴と聞いて、あれほどあわてたところをみると、なにか勘兵衛の知らぬ事情がありそうだ。

一味が真鶴へ向かったことは［千束屋］の子分たちの働きで明らかになっていた。

あの越中島の石置き場で働く石人足たちの話からわかったことだが、相州《そうしゅう》（相模《さがみ》の国）岩村の近くに小松山というのがあって、そこから小松石というのがとれる。

小松山の採石場は何百とあり、官営採石場の御用丁場《ちょうば》もあれば、御三家の石丁場もある、といった具合だが、それらの石は真鶴港から海運で江戸へ運ばれてくる。

荷を下ろして空《から》船になった石積船に、四人の侍と、一人の従者が乗り込むのを見た、というのであった。

真鶴というと、小田原から熱海へ向かう根府川往還の途中だが、なぜ亥之助たちが、そんなところをめざしたのかが謎だった。

（だが、その謎も解けそうだ……）

先ほどの日高老人のあわてぶりを見て、勘兵衛は、そう確信した。

やがて日高老人が現われ、今度は、やや落ち着いた口ぶりで、

「いや。先ほどは失礼をした。すまぬが、我が主人が、ぜひにも話を聞きたいとおっしゃる。お願いできるか」

日高老人が言う主人とは、ここの江戸家老で都筑惣左衛門のことだ。勘兵衛は、すでに一度会っている。

もちろん承知した。

「よう報らせてくだされたな。このとおり礼を申す」

勘兵衛に向かって頭を下げた都筑は矍鑠《かくしゃく》としているが、もう古稀に近いだろう。

「は……」

成りゆきとはいえ、いつしか他藩のことに首を突っ込んでしまったのは勘兵衛のほうだから、どう答えてよいのやらわからない。そこで——。

「差し出がましいとは思いましたが、どうにも気になりましたもので。お役に立てれば、望外の喜びでございます」

「いやいや、たいそうありがたい報らせじゃ。だいたいのことは、この日高から聞いたのじゃが……」

都筑は、しばらく考え、

「その一味とやらが乗った石積船、抱《かか》え主《ぬし》まではわからぬだろうな」

「さて、船主までは知りませんが、積み荷の主ならわかっております」

「おう。どこじゃ」

「［小松屋五郎右衛門］という石問屋が仕入れた石材だったそうで」

その問屋は本材木町にあって、亥之助が［いづや］の舟で向かった先は、そこだったのではないか、と勘兵衛は考えていた。それで、すべての辻褄《つじつま》が合う。

「ふむ、［小松屋五郎右衛門］か」

都筑は言って考えこみ、用人の日高に、

「誰でもよい。作事方《さくじかた》の者を、これへ……」

「はっ」

命じられた日高は、家老の部屋を出て行った。

「ところで、落合どの」

「は」

「今回のこと、決して、どなたにも漏らされるな」

「いや。それは……」

場合によっては勘兵衛、亥之助を討つために、真鶴に出向く覚悟であった。だが、無断で江戸を離れるわけにはいかぬ。

逡巡する勘兵衛の本心を見抜いたように、

「貴藩御留守居の松田与左衛門どの……」

「はい」

「そこまでじゃ。それから、ええと、別所小十郎であったかな」

「はい」

「その者にも漏らされては困る。ことは、一藩の浮沈に関わることじゃ」

「承知いたしました。一切ほかへは漏らしませぬ」

「そうか。かたがた頼んだぞ」

都筑家老の心配もわかる。たとえ相手が不逞の浪人者であったにせよ、大名行列を襲撃されるなどと知られれば、幕府より、どのような咎《とが》めがあるやもしれぬのだ。

と、考えながら、やはり勘兵衛には、どうしても解きたい謎がある。

「誓って、他言はいたしませぬ。ですが、なにゆえ一味は、真鶴などに？　なにか、お心当たりはございませぬか」

「うむ。それじゃ」

都筑は苦笑して、

「実は、四月の国帰りだが、予定を少し早めてな。殿には、七日ばかり熱海にて湯治の段取りなのじゃ。そのことが、早くも漏れてしまったようじゃな」

（そうか。ここには獅子身中の虫が巣食っておったのだな）

勘兵衛は、改めてそのことに思いが至った。

なんとも、忌《い》まわしいことである。

たぶん気苦労の絶えぬであろう都筑を、勘兵衛は、心の底から気の毒に思った。

「そろそろ日高も戻ってこよう。すまぬが落合どの、しばらく隣室に姿を隠されよ」

「あ、わかりました」

都筑が視線で指した部屋へ、勘兵衛は移動した。

やがて日高の、

「ごめん。作事方、坂田藤助を連れまいりました」

「よし。通せ」

そんな声を、勘兵衛は聞いていた。

姿は見えぬが、坂田が都筑に挨拶をし、都筑が尋ねる。

「我が藩出入りの石問屋は、どこであったかの」

「それならば、ずっと以前より「小松屋五郎右衛門」のところと決まっております」

「そうか。すると……、出雲守のほうも、その御用商人か」

「たぶん、さようでございましょう。先の、政勝さまの時代から、そうでございましたから。それが、なにか……」

「いやいや。なんでもないのじゃ。屋敷替えのこともあってな。ちょっと確かめてみようと思っただけじゃ。いやいや、わざわざ足を運ばせて、大儀であったの」

都筑はことばつきまでゆったりと、先ほどまでの緊張感を見事に韜晦《とうかい》させている。

そうか。あの石問屋は、本多家ゆかりの御用商人か、と勘兵衛は心の裡《うち》でうなずいていた。

6

（一大事じゃ）

大和郡山藩邸を出た勘兵衛は、胸につぶやいた。

大名行列襲撃計画など、未曾有《みぞう》のことである。その全貌が、今や明らかになったのだ。

だが、それにどう対処するかは大和郡山藩の問題であり、他藩の勘兵衛が口を差し挟むことではない。勘兵衛に必要なのは、いかにして亥之助を討ち取るか、ということだけであった。

のちに思えば、このとき勘兵衛は血気に逸《はや》っていた。

（よし！）

若い血気に背を押され、勘兵衛の足は、まっすぐ愛宕下へと向かった。松田に会うつもりである。

「なんたることか」

勘兵衛の報告を聞き終わり、留守居の松田は大きく溜め息をついた。

「脱藩者とはいえ、山路亥之助は我が藩に関わりのある者、それが首謀者とは、いやはや頭の痛いことじゃ」

「なればこそ」

勘兵衛は、ここぞとばかり膝を進めた。

「一味は、おそらく根府川の関から熱海の間、準備に準備を重ねている時期でございましょう。どうかわたしを真鶴へ行かせてください」

「で、亥之助を討つというのか」

「はい。必ずや」

松田がしかめっ面になった。

「無茶を言うのも、ほどほどにせい。相手は亥之助一人ではないぞ。しかも飛び道具じゃ。命がいくつあっても足らぬではないか」

「いや、しかし……」

そんなことは百も承知だが、勘兵衛はなにも、一味全員を相手にするつもりはない。目指すは亥之助一人、それならなんとかなると思っていたのだが……。

「そなたが出ていけば、かえって話がこじれるばかりじゃ。そこのところがわからんか」

「………」

(こじれようか？)

そのあたりの判断になると、勘兵衛にはいささか自信がない。だが、理屈ならあった。

突き詰めれば、大和郡山藩を二つに分割させてしまった幕府が悪い。だが、そのことと、勘兵衛が亥之助を討つ理由とは、まるで別物なのだ。たまたま両者が重なったにすぎない。

「それはそれ、これはこれ、というわけにはいきませんか」

「いかぬな」

松田は、にべもなく断定した。

「それより勘兵衛、そなた、なにゆえ、それほどに亥之助を討ちたいのじゃ」

「え……」

それが役目ではなかったのか。勘兵衛は、ことばを失った。松田は、重ねるように言った。

「もしそれが、そなたへの下命だと思っているのなら、今この場で、その下命は取り消す。亥之助など討たんでもよい」

「いや、しかし……」

松田の思惑は何度も聞かされたが、亥之助を討て、という直明の意向に関して、松田は目をつぶって協力する立場ではなかったのか……。

勘兵衛は、わけがわからなくなった。

「くどいようだが、そなたは、若殿の近習ではないのだぞ」

そのことは、すでに何度も釘を刺されている。

わかってはいるが、自分の半年間の努力を思うと、そう素直には引き下がれない。

松田は、さらに追い打ちをかけてきた。

「それとも、亥之助への私怨か」

言われて、はっと気づいた。

（そうかもしれぬ）

勘兵衛の父は、上司であった亥之助の父の山路帯刀《たてわき》から、言われなき冷遇をずっと受けてきた。それは過ぐる昔、帯刀が直明と正嫡を争った松平近栄派に属して、その一派に父が与《くみ》しなかったことが原因であった。

さらに帯刀は、父を無実の罪に落とし、腹を切らせようと画策した。そしてまた子の亥之助も、ことあるごとに勘兵衛を目の敵《かたき》にしてきたのであった。

松田が言った。

「思えば、亥之助も哀れ、とは考えられぬか」

「は？」

「闘争《あらそい》というものは、一方が勝てば、必ずや片方が敗れる。そして勝ったほうが善となるのじゃ」

「…………」

松田は、なにを言いたいのか、と勘兵衛は思った。

「もし、そなたが山路の家に生まれておれば……というふうに考えてみるのじゃな。どれ、わしは、ちと御家老に相談がある。その間、じっくりと思案しておれ」

言い置いて、松田は姿を消した。

（闘争の勝者が善となる……）

松田が言った闘争とは……？

勘兵衛は、じっと考えこんだ。

勘兵衛父子が巻き込まれた、面谷銅山不正のこととは思えない。まだ勘兵衛が幼かったころの、藩を二分した正嫡闘争のことであろうな、と勘兵衛は思う。

あのとき養子の松平近栄を擁した中心人物が、国家老の乙部と、郡奉行の山路。対して実子の直明を擁したのが江戸家老の小泉、そして傅役《もりやく》だった松田……。

そして勝利したのが小泉と松田。乙部は松平近栄とともに、出雲へと去った。

そのとき山路帯刀が城下に残れたのは、その妻が、今も筆頭家老である津田図書の娘だったからだと聞いている。

（そういうことか……）

整理してみて勘兵衛は、はじめて松田の言いたかったことが理解できた気がした。

闘争に一度敗れた亥之助の父は、藩内での劣勢を挽回すべく、これまで敵であった小泉家老に近づいた。あげくに私利私欲に走った小泉の走狗《そうく》になり果てたのだ。

（それが、あの銅山不正のはじまりだった……）

その不正問題に絡んで、勘兵衛は父を刺客から守るべく闘った。

(亥之助もまた……)

勘兵衛と同じく、自分の父を、いや家を守るべく闘ったのだ。

はらりと、目から鱗《うろこ》が落ちた感がした。

なるほど松田の言うように、そう考えると亥之助が哀れに思えてくる。

(だからといって……)

暗殺者にまでなり果てた亥之助の堕落を、自分なら——と考えかけて、勘兵衛はやめた。

時の流れは、おだやかな水面とは裏腹に、底流は暴れ川となって勘兵衛を呑み込み、思いもよらなかったところに流れ着いているのである。思えば、政《まつりごと》という得体の知れぬ世界で泳がされていた半年であった。

亥之助を嗤《わら》ったり、そしったりできる態《ざま》ではない。

(なんだか……)

どこかで栓が抜けて、力という力が流れ出していく心地がした。

「勘兵衛」

「は」

いつの間にか、松田が戻っていた。

「思案は、すんだか」

「はい。私怨など、わたしにはありませぬ」

言うと松田は嬉しそうに笑った。

「そうか。ところで、御家老がお呼びじゃ」

「え。間宮さまがですか」

江戸家老は間宮定良といって、勘兵衛の父の切腹に、最後まで反対してくれた人物であった。だが会うのは、これがはじめてである。

力がすっかり流れ出してしまった勘兵衛に、緊張が走った。

行方茫茫《ゆくかたぼうぼう》

1

小田原城の背後には、峨峨《がが》たる箱根の山がそびえていた。

江戸より二十里余、そこは本陣、脇本陣を合わせて八つもあるという、殷賑《いんしん》の宿場町でもある。その中心地ともいうべき場所に、宿場の総鎮守、松原神社はあった。

今、その神社の鳥居をくぐり、石の反《そ》り橋を渡って、一人の気まま頭巾の男が行く。

三月十五日、もうすぐ正午になろうかというころであった。

名のとおり、松の木が多い境内を真っ直ぐ拝殿に向かった男は、狛犬《こまいぬ》一対の左側に凭《もた》れるように立つ男の姿を認めた。

その男もまた、気まま頭巾姿の武士であった。

待っていた男がよって立つ狛犬が、吽形《うんぎょう》であることを確かめてから、男はゆっくり近づいた。そして、気まま頭巾を取った。

その左の頰には、深く醜い刀傷が走っている。それを、高く空にある陽の光にあて、これ見よがしに待っていた男に見せつけてから、口を開いた。

「阿《あ》、でござる」

すると気まま頭巾のままの男は、

「吽《うん》、でござる」

と答えた。

どうやらそれが、男たちの符丁であったらしい。

阿と名乗った頰傷の男は、吽と名乗った男に対することなく、狛犬の尻尾のほうに、うっそりと立った。

先に話しかけたのは、待っていたほうの男である。

「よき場所が、ござったか」

「さよう。二、三ヶ所はござったが、一番よきは、岩村に入ってよりはじまる長坂の先――」

「ふむ。長坂じゃな」

「さよう。くねくね曲がる急坂でござる。まずは江の浦《えうら》村を過ぎると右に赤沢観音堂というのがあって、長坂は、ずっとその先、岩村に入ってからだ」

言って男は、懐より絵図を取り出した。

周囲を窺ってから、それを頭巾のままの男に手渡した。

「見取り図はそこに……。長坂が終わるあたりは、まさに眺望も絶佳の場所、人通りとて絶えてない。片方は崖で、我らは山側の潅木に潜んでおる」

「ふむ。この岩村への道と、往還とが道分かれする先じゃな」

「さよう。その眺望絶佳の場所で行列を止めてもらえれば、あとはお任せくだされ」

「なんの。付き小姓に声をかけさせ、ちゃんと駕籠から引っ張り出してみせるわ」

「それなら重畳《ちょうじょう》。駄目でも、一斉に射かけてみせる」

「退路は、ござるのだろうな」

「心配めさるな。一山越えれば、湯河原道までわずかに一里」

「うむ。あいわかった」

なにごともなかったかのように、頬傷の男は狛犬を離れ、歩きながら気まま頭巾をかぶり、もときた道を引き返した。

小田原城下西端の町、山角町で東海道を離れ、男は根府川往還に足を踏み入れた。

別名を熱海道ともいう。

東海道の道幅四間余（五・五メートル）に対し、根府川往還は六尺から八尺（二メートル前後）と狭い。熱海までの途中に根府川の関所がある。

今回の計画で、男が一番頭を悩ませたのが、この関所である。出女《でおんな》には、どの関所も厳しいが、根府川の関所には箱根の関所にもない武具改めがあった。弓は九挺までかまわないが、鉄砲は小田原藩主の許しが必要であった。いずれにせよ、怪しまれてはことだから、海路を取って関所をはずした。やはり怪しまれないため、一味とともに熱海での湯治を装っている。破れ寺《や》などに巣食って村人に怪しまれるよりは、遊興の徒と思われるほうが危険が少ない。計画は慎重のうえにも慎重を期している。

さらにはまだ、一味には真の計画を打ち明けてはいない。

それを明かすのは決行の直前、万一、尻込みする者があれば、斬って捨てる覚悟であった。一人でも、二人でも残ればそれでよい、と男は考えている。

一味が湯につかり、酒など飲んで極楽極楽と上機嫌なのをよそに、男は一人で往還を往復し、襲撃に適した場所を綿密に選びだしていた。きょう小田原まで出たのは、以前より決められた約束で、最終打ち合わせであった。

成就《じょうじゅ》の暁には、高禄をもって正式な藩士に取り立てられる約束が交わされている。

(新たな家を押し立てるのだ)

今、男の胸にあるのは、そのことだけだった。

自分の家を滅ぼす原因を作った、あの落合という家……。しかもそこの小倅《せがれ》が、自分を討とうと動きまわっていると聞いた。

一時は、復讐心に燃えたこともあった男だが、新たな家の再興という目標を前に、復讐などは小事に思えている。

——今に見ろ。

高揚感が男の全身にみなぎっている。

男は肩をそびやかし、家を興《おこ》した暁の晴れ晴れしさを思った。

(そのときも近い)

小田原より十七町(一七〇〇㍍)、右に紀伊宮《きいのみや》大明神の鳥居を見ながら早川村を歩いているとき、男の後から人馬の音が近づいてきた。思わず男は、神社の階段を駆け上った。

息を殺す。

その目の前を、多くの人影が走り抜けていく。

十……二十……、白鉢巻に襷《たすき》がけの一群が駆け抜けるのを目だけで追い、男の脳裏にまざまざと浮かぶ記憶があった。頰の傷は、そのとき受けたものだ。

「むむう……！」

男は歯ぎしりをした。

（さては、露見したか）

いや、そんなはずはあるまい、と男は思った。いや、そう思いたかった。

それからしばらく、あの捕り方としか思えぬ一群の行き先について考えた。

まさか、とは思う。

しかし……。

（用心に越したことはない）

やがて男は決断して、来た道を今度は引き返しはじめた。

（いったん、山角町に戻ろう）

そこは小田原十九ヶ宿のひとつである。

往還を見下ろせる宿を取って、一両日、様子を見よう。

それが男の結論だった。

2

あれからいったい、どうなったのか。
なにもわからぬまま、日にちだけが過ぎていく。もう、弥生の月も残り少なくなった。
勘兵衛は高山道場に通う以外、なにもなすことなく日日を過ごしている。
その間、一度だけ藩邸に呼び出された。
驚いたことに、藩主の松平直良に引き合わされた。
すでに古稀の藩主は、ぎょろりと目を剝《む》いて、
——そのほうが、無茶の勘兵衛か。
言って、にんまり黄ばんだ歯を見せて続けた。
——よくよく、人騒がせな小僧よのう。
勘兵衛にすれば、恐れ入るしかない。
藩主は言った。
——わしは来月から国帰りするでな。そのほうがことは、間宮と松田に任せおく。

その間、おとなしくしておくことじゃ。

それだけで引見は終わった。

おとなしくしておれ、というのは間宮家老からも言われたことであった。

だから、おとなしくはしているが、なにをしてよいのかわからぬ、いや、なにもしてはならぬのだ。

というのは、けっこうつらい。

「和田平」の会合も、しばらく休もうということになった。その後、どうなったかと「千束屋」にも尋ねられたが、ことばを濁す以外にない。

――おい、八次郎。もう輪講にも、行かんでいいぞ。

喜ぶかと思えば八次郎、

――いや。あれはあれでけっこう面白くなってまいりました。しばらく続けても、よろしいでしょうか。

勝手にしろ、と苦笑いするしかない。

ただひとつわかったことといえば、勘兵衛が大和郡山藩の上屋敷に日高を訪ねた日より二日後、今度は日高老人のほうが「高砂屋」を訪ねてきて、「和田平」の集まりは、しばらく休みにすると伝えてきたときのことだ。

――実はあのあと、例の「小松屋五郎右衛門」のところに行ってまいりましてな。亥之助一味を空船に乗せた、石問屋である。

――なんと熊鷲めは、我が藩の名をかたり、このたび政長公、熱海湯治につき道中の下調べをしたいからと、真鶴への帰り船を頼まれたというのじゃ。それが真っ赤な嘘と知って、「小松屋」め震え上がっておったわ。

なんと大胆な、と勘兵衛も思った。

だが、それ以外のことは、

――いやいや、こたびの重大事、どう対処するなど、やつがれごときには、とても知れ申さぬ。

水を向けた勘兵衛に、かっかっと笑って、ごまかしてしまった。

きょうも高山道場で一汗流し、勘兵衛が「高砂屋」に戻ると、

「「伊勢屋」の小僧が、お手紙を持ってきたよ」

おたるが言った。

さっそく居候部屋で手紙を開くと松田からで、一行のみ。

〈明朝、こられたし〉

達筆の連絡であった。

3

翌朝、藩邸に出向くと、松田は勘兵衛を家老役宅に連れていった。

役宅では玄関に二人、さらに曲がり廊下のところに一人、と見張りの士を配しただけで、ほかには人影もない。明らかな人払いの様子を見て、勘兵衛は緊張した。

（なにごとであろう）

はたして、間宮家老から告げられた話は、驚くべきものであった。

「今から述べること、また、起こりたること、かたくその胸に秘して、たとえ親兄弟といえども口外せぬこと」

と、間宮家老直《じき》じきに口止めされたうえで、その話ははじまった。

あのあと――というのは、勘兵衛が幸橋の大和郡山藩邸に急を報らせたあとであるが、家老の都筑惣左衛門は、老中の稲葉美濃守正則のところに、それを持ち込んだ、そうだ。

かねて懇意の老中が、たまたま小田原城主でもあったというのが幸いであった。

さっそく不逞の一味の探索は、ひそかに小田原藩の手に移り、つい先日、熱海の湯宿に逗留中の四人が捕縛された、という。

「え、四人でございますか」

勘兵衛の調べでは、一味は亥之助以下五名のはずであった。

「それがの……」

間宮は苦笑した。

「左頬に刀傷のある首領格は、どういうわけか、雲を霞《かすみ》と消え去っていたそうでな。小田原藩でも八方手を尽くしたそうだが、ついにその行方をつかめなかったのだ」

「なんと……」

(亥之助め、なんともしぶとい……)

勘兵衛は唖然とするほかはない。

「しかも、捕らえた四名の者、三人が浪人で、一人は山猟師ということであったが、これが四人とも、自分たちが、誰かを討つために雇われたとは知っていたが、いったい誰を、いつ討つのかといった、具体的なことはなにも知らされていなかったようなのじゃ」

「なんと……」

勘兵衛は、同じことばを繰り返した。それ以外に、言いようもない。

そんな勘兵衛の様子を見て、間宮は笑った。

「ま、それはそれでよかったのじゃ。大名行列襲撃などということが世間に漏れては、こりゃ大騒ぎになるのは必定、大迷惑を受ける藩は、ひとつやふたつではすまされぬかもしれん。下手をすれば、我が藩にも飛び火するやもしれんから、こりゃ大きな声ではいえないが、亥之助め、よくぞ逃げてくれたと思っておる」

そういったものか、と勘兵衛は、半ばあきれながら聞いている。

「老中の稲葉さまも、ここは騒ぎ立てるより、内内に、なにごともなかったように振る舞うが、得策であろうとおっしゃってな」

「さようでございますか」

それで八方が丸く収まるのならば、勘兵衛に異論はない。

「だが、やはり、のちのちのためにも、聞き書きだけは作っておこう、とおっしゃる」

聞き書き、とは、いわゆる調書のことだ。

「そこでな。そのほうには、今宵、稲葉正則さまに会ってもらわねばならん」

「え、御老中にですか。この、わたしが？」

勘兵衛は、瞠目した。

無理もなかった。老中といえば、将軍の次に偉い、ということになっている。

「もちろん、わしも、そこの松田も一緒にまいる。大和郡山藩からは、江戸家老の都筑どの、そしてその用人の日高という者が呼ばれておるということじゃ。なに、むずかしく考えることはない。すでにあらかたのことは、稲葉さまの耳に入っておる。そなたは、尋ねられたことに正直に答えれば、それでよいのじゃ」

ということになって、勘兵衛はその夕、築地の稲葉美濃守正則下屋敷で、老中に対面した。

このときに取られた聞き書きが、のちのち、幕政に、思いがけない影響を及ぼすことになろうとは、予測もしていない。

4

四月に入り、陽光はまぶしいばかりだ。

(世はなべてこともなし……か)

勘兵衛は、なんとも、あっけらかんとした気分で日日を過ごしている。

(亥之助は、どうしているのか)

ふと、そんなことを考えることもある。

あれほど行方を追った相手なのに、今はなんだか、遠い思いでのような気さえして、ふと、相変わらずなすこともない自分の行く末を思うこともある。

(で、俺はどうなるのだ)

亥之助を討つ、という下命は、松田からあっさり撤回されていて、だが、そのことは、若殿にも、その近習である伊波利三にも内緒であるらしい。

だから若殿も利三も、まだ勘兵衛は亥之助を追っている、と考えている。そう思わせておけばいいのだ……と言わんばかりの松田であった。

ただ、そのためにだけ俺は、こうして［高砂屋］に居候を続け、猿屋町に町宿を持って過ごすのだろうか。

そんなことを考えると、いたたまれない気分になってくる。

――おとなしくしておくことじゃ。

そう命じた藩主も、すでに国帰りの途についていた。なにやら勘兵衛一人が忘れ去られたような気にもなる。

そんななか、嬉しい知らせもあった。

ある日、［千束屋］が訪ねてきて、

――例の早坂生馬という浪人、無事に長屋へ戻ってきたそうですぞ。咎《とが》めを受けることもなく、放免されたのであろうか。

――なにがあったかは、しゃべりませんが、娘がたいそうな喜びようでな。お節介とは思うたが、我が町内の書き役で一家の暮らしを立てさせようか、と考えております。

――ほう。それはよいことでございますな。

一服の清涼感が、勘兵衛の内を駆け抜けた。

となれば、ほかの浪人者や、久米川村の山猟師も、それぞれ落ち着くところにおさまったのであろう、と勘兵衛は思った。

そしてきょう、日高老人から誘いがあって、久しぶりに［和田平］に顔を出した。別所もきていた。

互いの藩主たちが国帰りしたことが話題となったあと、別所が言う。

「その後、気をつけてはいるのだが、熊鷲の顔は相変わらず見えん。いったい、どこに消えたものやら」――

今回の未遂事件のことなど、なにも知らずに続ける。

「あるいは二天一流の柴任先生とともに、近江のほうに行ったのだろうか」

「柴任三左衛門どのとか？」

　勘兵衛が尋ねると、別所はうなずいた。

「実は、柴任先生が致仕されてな。なんでも近江大津のほうへ向かわれたらしい」

「そうですか。やはり辞められたのですか」

　柴任の人柄を思い起こしながら勘兵衛は言ったが、それに亥之助が関わっていないことは、明らかだった。

　別所一人を仲間はずれにしたようで心苦しいが、勘兵衛はなにも言わず、日高老人もまた同様に酒を飲み、

「ま、なんだ。なにかとこのところ忙しく、ついしばらく、この会も休んでしもうたが、これからは、月に一度ということにしようかの」

「お、まだ続けられるのか」

　勘兵衛が言うと、日高老人は目を剝いた。

「なにを言われる、落合どの。我らは熊鷲の消息を探り、落合どのは、我らの獅子身中の虫をあぶり出す。その約束を忘れられたか」

「ああ、ああ、そうでござった。いや、つい、久しぶりの美酒に酔いがまわったらし

い。いや、失礼、失礼」
あわてて言い訳をしながら、
(そうか。出雲はこれで終わらず、まだ政長を狙いつづけているのだ)
つい自分のことばかりを考えていた自分を、勘兵衛は恥じた。
(となると、八次郎に俳諧を続けさせておいてよかったな)
とも思う。
「では、いつがよかろうかの。毎月一日というのが、覚えやすいかの」
それに別所が、
「そうですな。毎月一日は月次登城の日ですが、あと一年は国帰りで、それもなし。
では一日ということにいたしましょうかな」
ということに決まった。
そのとき部屋に小さな異変が起こった。
片隅の行燈の中で、ばさばささ、賑やかに踊り狂うものがいる。
「火蛾《かが》じゃの」
日高が言った。
どこから迷い込んだか、灯りに誘われた蛾が一匹、火に炙《あぶ》られてのたうっている。

（まるで亥之助のような……）

いや、俺自身も、ああなのかもしれぬ——。

火蛾の舞に、勘兵衛はそんなことを思った。

「ところで、落合どの」

日高老人が言う。

「なんでござろう」

「近ごろ、変わったことはござらぬか」

「はて」

勘兵衛は、首をかしげた。

「なにも、ございませんが」

「ほう。さようか」

言った日高の目つきが怪しいので、

「なにか、ありましたか」

「いやいや。それならそれでいいのでござる」

なんだか、意味深長に笑った。

5

日高老人の笑いには、やはり意味があった。

それを知らされたのは、それから二日後、勘兵衛が松田から藩邸に呼ばれたときである。

「ざっくばらんに言おう」

松田はなぜか上機嫌で、そんなふうに話を切り出してきた。

「実は、本多さまの御家老、都筑どのからな」

「はい」

「そのほうを、召し抱えたいと言ってきた」

「は？」

「二百石だそうだ。どうする。条件としては悪い話ではないと思うが」

「ご冗談を」

思わず大きな声になった。

「いやいや。これは冗談ではないぞ。まことの話じゃ」

「いや、そんなことを突然……」

驚愕のあまりか、思わず勘兵衛は急にまぶたが熱くなった。

「まあ、都筑どのの気持ちもわからんではないのじゃ。先の一件な。それをすべて、そなたに知られてしもうておるからの。いや、そなたが他言するなどと心配しているのではないと思うぞ。ただ、あちらの陣中に取り込めれば、そのほうが安心できるのであろうな」

「で、松田さまは、そうしろと言われるのでございますか」

怒りにも似た感情が噴《ふ》き上がり、勘兵衛の声は震えた。

「まあ、まあ、落ち着け。やはりいやかの」

「いやでございます。他家に仕《つか》えるなど……。二百石が千石でもいやでございます。

松田さまは、いったい、わたしを……。そんな男だと……」

「そう激するな。わしはただ……、いや、困ったのう」

思いがけなく激しい勘兵衛の反応に、松田は困った様子だったが、勘兵衛が落ち着くのをしばらく待って、再び口を開いた。

「これは、わしの言い方が悪かった。その点は謝る。もちろん、都筑どのの申し出は、わしの一存にて断わっておいた」

「まことで、ございますか」

「嘘を言ってどうする。そなたについては、実は考えておることがある。まあ、それはそれとして、これから言うことをよく聞いてほしい」

「はい。取り乱して、申し訳ございませんでした」

「うん。とにかく断わったのじゃ。すると、都筑どのは、そなたに兄弟はおらぬかと聞いてきた」

「はあ」

「たしか、藤次郎だったな」

「あ、はい」

いったい、弟がどうしたというのか、と勘兵衛は思った。

「で、どんな人物かと聞かれたが、わしは藤次郎のことを知らぬでな。用人の新高を呼んで尋ねると、今年十六で、そなたに似てしっかり者と聞いたでな。そのことをそのまま都筑どのに伝えた。すると、ぜひ藤次郎を召し抱えたいと言うのじゃ。もちろん二百石ではない。三十石と値切ってきよったがな」

「ははあ……。しかし」

「うむ。なんじゃ」

「ありがたい話ではありますが、それでは弟を人質に出すようなものではございませんか」

「それは考えようじゃ。向こうは、それで安心するし、恩人の弟だからして粗末にも扱うまい」

「松田さまは、どう思われますか」

武家の次男、三男などというのが、どれほど大変か、ということは勘兵衛もよく知っている。一生を家の厄介者で終わりたくなければ、養子の口を探すしかない不運を、生まれながらに背負っている。

「願ってもない話だと、わしは思う。ま、いきさつなど説明する必要もない。もしこの話がまとまれば、本人どころか、ご両親も、どれだけ喜ばれるであろうな」

そうであろう、と勘兵衛も思った。

「この話、まとまりましょうか」

「それは、先方が言いだしたこと、そなたさえ承知なら、もうまとまったも同然、なにしろ落合家の主は、そなたなのだぞ」

そうであった、と勘兵衛は背筋を伸ばした。

「では、弟の仕官の件、藩からもお許しを願えましょうか」

「間宮家老は、すでに承知しておる。そなたさえよければ、国許にも急ぎ書状を送るが、誰からも反対は出るまいよ」

「では、なにとぞよろしくお取りはからいくださいませ」

言って勘兵衛は、深ぶかと頭を下げた。


藩邸を出ると、愛宕の山は新緑に囲まれていた。

(よし。久しぶりに穴子飯でも食うか)

愛宕権現の男坂を力強く上りながら、さて藤次郎に、さっそく手紙を書こう、と勘兵衛は考えていた。

(園枝どのにも……)

書かねばならぬな。

思って勘兵衛は、頰が熱くなるのを感じていた。

初夏の風が、心地よく肌を撫でていく。

【余滴《おまけ》……本著に登場する主要地の現在地名】

［高砂屋］浅草橋1丁目30番地付近
［高山道場］鍛治町2丁目9番地付近
［和田平］日本橋堀留町2丁目5番地付近
［猿屋町町宿］浅草橋3丁目16番地付近
［千束屋］日本橋人形町1丁目4番地付近

【筆者註】
本稿の江戸地理に関しては、延宝七年［江戸方角安見図］（中央公論美術出版）および、御府内沿革図書の［江戸城下変遷絵図集］（原書房）によりました。

時代小説
二見時代小説文庫

火蛾《かが》の舞《まい》 無茶《むちゃ》の勘兵衛《かんべえ》日月録《じつげつろく》2

著者 浅黄《あさぎ》 斑《まだら》

発行所 株式会社 二見書房
東京都千代田区三崎町二－一八－一一
電話 〇三－三五一五－二三一一［営業］
〇三－三五一五－二三一三［編集］
振替 〇〇一七〇－四－二六三九

印刷 株式会社 堀内印刷所
製本 ナショナル製本協同組合

 ISBN978－4－576－06177－1
http://www.futami.co.jp/

山峡の城　無茶の勘兵衛日月録
浅黄 斑／父と息子の姿を描く大河ビルドンクスロマン第1弾

火蛾《かが》の舞　無茶の勘兵衛日月録2
浅黄 斑／十八歳を迎えた勘兵衛は密命を帯び江戸へと旅立つ

残月の剣　無茶の勘兵衛日月録3
浅黄 斑／凄絶な藩主後継争いの渦に巻き込まれる無茶勘

冥暗の辻　無茶の勘兵衛日月録4
浅黄 斑／深手を負った勘兵衛に悲運は黒い牙を剥き出す！

刺客の爪　無茶の勘兵衛日月録5
浅黄 斑／勘兵衛にもたらされた凶報…邪悪の潮流は江戸へ

陰謀の径《みち》　無茶の勘兵衛日月録6
浅黄 斑／伝説の秘薬がもたらす新たな謀略の渦……！

仕官の酒　とっくり官兵衛酔夢剣
井川香四郎／酒には弱いが悪には滅法強い素浪人・官兵衛

ちぎれ雲　とっくり官兵衛酔夢剣2
井川香四郎／徳山官兵衛のタイ捨流の豪剣が悪を斬る！

斬らぬ武士道　とっくり官兵衛酔夢剣3
井川香四郎／仕官を願う官兵衛に旨い話が舞い込んだ！

水妖伝　御庭番宰領
大久保智弘／二つの顔を持つ無外流の達人鵜飼兵馬を狙う妖剣

孤剣、闇を翔ける　御庭番宰領
大久保智弘／鵜飼兵馬は公儀御庭番の宰領として信州へ旅立つ

吉原宵心中　御庭番宰領3
大久保智弘／美少女・薄紅を助けたことが怪異な事件の発端に

暗闇坂　五城組裏三家秘帖
武田櫂太郎／怪死体に残る手がかり…若き剣士・彦四郎が奔る！

月下の剣客　五城組裏三家秘帖2
武田櫂太郎／伊達家仙台藩に、せまる新たな危機……！

二見時代小説文庫

初秋の剣 大江戸定年組
風野真知雄／人生の残り火を燃やす旧友三人組。市井小説の傑作

菩薩の船 大江戸定年組2
風野真知雄／元同心、旗本、町人の三人組を怪事件が待ち受ける

起死の矢 大江戸定年組3
風野真知雄／突然の病に倒れた仲間のために奮闘が始まった

下郎の月 大江戸定年組4
風野真知雄／人生の余力を振り絞り難事件に立ち向かう男たち

金狐の首 大江戸定年組5
風野真知雄／隠居三人組に持ちかけられた奇妙な相談とは…

善鬼の面 大江戸定年組6
風野真知雄／小間物屋の奇妙な行動。跡をつけた三人は…

神奥《しんおう》の山 大江戸定年組7
風野真知雄／奇妙な骨董の謎を解くべく三人組が大活躍！

栄次郎江戸暦 浮世唄三味線侍
小杉健治／吉川英治賞作家が叙情豊かに描く読切連作長編

間合い 栄次郎江戸暦2
小杉健治／田宮流抜刀術の名手、栄次郎が巻き込まれる陰謀

見切り 栄次郎江戸暦3
小杉健治／栄次郎に放たれた刺客！誰がなぜ？第3弾

憤怒の剣 目安番こって牛征史郎
早見 俊／巨躯の快男児・花輪征史郎の胸のすくような大活躍！

誓いの酒 目安番こって牛征史郎2
早見 俊／無外流免許皆伝の心優しき旗本次男坊・第2弾！

虚飾の舞 目安番こって牛征史郎3
早見 俊／征史郎の剣と、兄・征一郎の頭脳が策謀を断つ！

雷剣の都 目安番こって牛征史郎4
早見 俊／秘刀「鬼斬り静麻呂」が将軍呪殺の謀略を断つ！

二見時代小説文庫